정의와 미소

옮긴이 | 양혜윤

상명대학교 일어교육과 졸업. SBS 번역과정을 수료하고, 일본 각지를 여행하며 여러
가지 체험을 했다.

현재 전문번역가로 활동중이며 옮긴 책으로는 〈너와 나의 일그러진 세계〉, 〈청년을 해
외에서 보내는 책〉, 〈100년 기업〉, 〈한국 마누라가 최고야!〉, 〈하우징 인테리어〉, 〈알기
쉬운 일본의 역사〉, 〈소울메이트〉, 〈악마의 레시피〉 등이 있다.

정의와 미소

제1판 1쇄 발행 | 2011년 5월 15일
지은이 | 다자이 오사무
옮긴이 | 양혜윤
펴낸이 | 소준선
Conductor | 권부애
Staff | 소진주, 소은주
펴낸곳 | 도서출판 세시
출판등록 | 3-553호
주소 | 서울 마포구 대흥동 303번지 3층
전화 | 715-0066
팩스 | 715-0033
ISBN 978-89-85982-09-2　03830

정의와 미소

다자이 오사무 지음 | 양혜윤 옮김

세시

작가약력

다자이 오사무(太宰治, 1909. 6. 19~1948. 6. 13)

1909년 아오모리 현 기타쓰가루에서 귀족원 의원인 지방호족의 아들로 태어났으며, 본명은 쓰시마 슈지(津島修治)이다. 어렸을 때부터 작가를 동경하고 글쓰기를 좋아했던 그는 습작 활동과 문학 동인지 발행을 주도하며 학창 시절을 보냈다. 좌익 운동에 경도되어 프롤레타리아 문학의 영향을 받은 동인지 〈세포문예細胞文芸〉를 발행하기도 했으나, 자신이 속한 계급과 자신의 정치적 지향이 일치하지 않는다는 사실에 괴로워하다가 1929년 첫 번째 자살을 시도했다.

1930년, 프랑스 문학을 좋아한다는 이유만으로 도쿄 대학 불문학과에 입학하지만, 좌익운동 등으로 수업에 거의 출석하지 않아 중퇴했다.

1933년 단편 〈열차列車〉를 발표하면서 처음으로 정식으로 문단에 데뷔했다. 이후 〈역행逆行〉이 제1회 아쿠타가와상 후보에 오르고, 첫번째 작품집인 《만년晩年》이 간행되면서 일약 문단의 주목을 받았다.

다양한 작품을 써내는 동안에도 몇 번의 자살을 시도하는 등 불안정한 시기를 보내던 다자이는 결혼과 동시에 안정된 모습을 보이며 집필에 몰두했다. 〈후지산 백경富嶽白景〉〈달려라 메로스〉 등 유려한 단편을 다수 발표했으며, 전쟁 중에도 《쓰가루》, 《오토기조시》 등 밝고 유머리스한 분위기의 작품을 발표했다. 1947년, 몰락 귀족을 그린 장편소설 《사양》이 널리 알려지면서 주요 작가의 반열에 올라섰다.

1948년, 그의 최고의 작품이라 손꼽히는 《인간실격》〈앵두〉 등을 집필한 후 강에 뛰어들어 39세의 생을 마감한다.

그의 작품은 정신적 공황상태에 빠진 일본 젊은이들의 많은 지지를 받으면서 사카구치 안고, 오다 사쿠노스케 등과 함께 '데카당스 문학'의 대표작가로 불렸다.

주요 작품집으로 〈만년〉, 〈달려라 메로스〉, 〈신햄릿〉, 〈판도라의 상자〉, 〈비용의 아내〉, 〈사양〉, 〈굿바이〉, 〈인간실격〉 등이 있다.

미소 띤 얼굴로
정의를 이루자!

누군가 나의 비석에 다음과 같은 한 줄을 써줄 사람은 없을까?
"그는 사람을 기쁘게 하는 것이 무엇보다 행복했다!"

앞으로는 단순하고 정직하게 행동하자. 모르는 것은 모른다고
말하자. 불가능한 것은 불가능하다고 말하자. 괜한 척을 버린다
면 인생은 의외로 평탄한 것 같다. 반석 위에 작은 집을 짓자.
나는 내년에 열여덟 살.

정의와 미소

4월 16일 금요일

대단한 바람이다. 도쿄의 봄은 강바람이 심해서 유쾌하지 않다. 먼지가 방안까지 들어와서 책상 위는 까끌까끌, 뺨도 먼지투성이라 찜찜해 죽겠다. 이것만 쓰고 목욕을 해야지. 등까지 먼지가 들어간 것 같아서 근질근질하다.

오늘부터 나는 일기를 쓰기로 했다. 요즘 나의 하루하루가 왠지 매우 소중한 느낌이 들기 시작했기 때문이다. 인간은 열여섯 살에서 스무 살 사이에 인격이 만들어진다고 루소인가 누군가가 말했다는데, 지금이 바로 그런 때가 아닐까?

나도 이제 열여섯이다. 열여섯 살이 되면서 나라는 인간은 달그락 달그락거리며 변해버렸다. 다른 사람은 모른다. 이것은 형이상학적인 변화이니까. 그러나 열여섯 살이 되면서 산도 바다도 꽃과 거리의 사람들, 파란 하늘까지 전혀 다르게 보이기 시작했다. 악의 존재도 조금 알게 되었다. 이 세상에는 곤란한 문제가 엄청나게 많이 있다는 것도 어렴풋이나마 실감할 수 있게 되었다. 그래서 나는 요즘 매일 기분이 별로다. 걸핏하면 화를 내고 있다.

인간은 지혜의 열매를 먹으면 웃음을 잃는 존재인 것 같다. 예전에는 일부러 바보 같은 실수로 가족들을 웃게 만드는 게

특기였지만, 요즘은 그런 얼빠진 장난이 실없어 보이기 시작했다. 어설픈 장난은 비굴한 남자들이나 하는 것이다. 일부러 실수를 하며 익살스러움을 연기해서 사람들의 귀여움을 사려고 하는 그 쓸쓸함을 참을 수 없다. 공허하다. 인간은 좀 더 진지하게 살아야 하는 존재다. 남자는 사람들에게 귀여움을 사려고 해서는 안 된다. 남자는 사람들에게 '존경' 받을 수 있도록 노력해야 한다. 그래서인지 요즘 나의 표정은 이상할 정도로 심각하다. 결국 어젯밤 형에게 충고 한 마디를 들었다.

"너 요즘 바보 같이 심각해진 거 알아? 갑자기 늙어버린 것 같아."

저녁식사 후 형이 웃으면서 말했다. 나는 깊이 생각한 후 말했다.

"어려운 인생의 문제가 많이 있거든. 나는 이제부터 전투적으로 살기로 했어. 학교 시험 제도나……."

이렇게 얘기하자 형은 폭소를 터뜨렸다.

"알았어. 하지만 그렇게 매일 무서운 얼굴로 힘쓸 필요는 없잖아? 요즘 살도 조금 빠진 것 같던데. 나중에 마태오 복음 6장 읽어 줄게."

참 좋은 형이다. 제국대학의 영문과에 4년 전에 들어갔지만 아직 졸업은 하지 못했다. 낙제도 한번 했지만, 형은 전혀 신경

쓰지 않는다. 머리가 나빠서 낙제한 것이 아니기 때문에 나도 형의 치욕이라고는 생각지 않는다. 형은 정의로운 마음에서 낙제한 것이다. 분명 그럴 것이다. 형에게 학교 따위 시시할 테니까. 형은 매일 밤을 새가며 소설을 쓰고 있다.

어제 저녁 형이 마태오 복음 6장을 읽어주었다. 거기에는 중요한 사상이 담겨 있었다. 나는 나의 미숙함이 부끄러워져 얼굴이 빨개졌다. 잊어버리지 않도록 그 가르침을 여기에 크게 적어두려고 한다.

'너희는 단식할 때에 위선자들처럼 침통한 표정을 짓지 마라. 그들은 단식한다는 것을 사람들에게 드러내 보이려고 얼굴을 찌푸린다. 내가 진실로 너희에게 말한다. 그들은 자기들이 받을 상을 이미 받았다. 너는 단식할 때 머리에 기름을 바르고 얼굴을 씻어라. 그리하여 네가 단식한다는 것을 사람들에게 드러내 보이지 말고, 숨어 계신 네 아버지께 보여라. 그러면 숨은 일도 보시는 네 아버지께서 너에게 갚아 주실 것이다.'

묘한 사상이다. 여기에 비하면 나는 말도 안 될 정도로 단순하게 살아왔다. 주제넘게 촐랑거리기만 하는 녀석이었다. 반

성, 또 반성이다.

"미소 띤 얼굴로 정의를 이루자!"

좋은 모토가 완성됐다. 종이에 써서 벽에 붙여 둘까? 아, 그럼 안 되지. 금방 이런다니까. '사람들에게 보이려고' 벽에 붙이려 하고 있다니. 나는 지독한 위선자일지도 모른다. 더욱 신경 써야겠다. 열여섯부터 스무 살까지 사이에 인격이 결정된다니 지금은 정말 중요한 때다.

첫째 나의 복잡한 사상통일에 도움이 되도록, 둘째 나의 일상생활의 반성의 자료가 되도록, 셋째 나의 청춘의 기록으로서 십년 후, 이십년 후 내가 멋진 콧수염이라도 손가락으로 꼬아 가면서 읽고 소박하게 웃을 수 있기를 기대하며 오늘부터 일기를 쓰려고 한다.

하지만 너무 딱딱해져서 '진지함'의 도가 넘어도 안 된다.

미소 띤 얼굴로 정의를 이루자! 상쾌한 말이다.

이상이 나의 일기 제1 페이지.

그리고 오늘 학교에서 있었던 일 등을 조금 쓰려고 생각했었지만, 이건 정말 지독한 먼지다. 입안까지 텁텁해지기 시작했다. 이제 더는 참을 수 없다. 목욕하러 가야지. 그럼, 나중에 천천히, 라고 쓰다 문득 '뭐야, 아무도 상대해주지 않는구나.'라는 생각에 실망했다. 아무도 읽어주지 않는 일기를 멋 부리며

써봤자 쓸쓸함만 남을 뿐이다. 지혜의 열매는 분노와 고독을 알려준다.

　오늘 학교에서 돌아오는 길에 기무라와 함께 팥죽을 먹으러 가서 아니, 이건 나중에 써야지. 기무라도 알고 보니 고독한 남자였다.

4월 17일. 토요일

　　　　　바람은 잦아들었지만 아침에는 잔뜩 흐렸고, 점심에는 비가 약간 내리더니 조금씩 개어 밤에는 달이 떴다. 어제 쓴 일기를 다시 읽어보았다. 창피하다. 너무 어설퍼서 읽는 내내 얼굴이 빨개질 정도다. 열여섯의 고뇌가 조금도 나타나지 않았다. 문장이 어설플 뿐만 아니라 생각도 유치하다. 도저히 눈뜨고 봐줄 수 없을 정도다.

　문득 지금 생각한 건데, 왜 나는 4월 16일이라는 이도저도 아닌 날에 일기를 쓰기 시작한 걸까? 나 자신도 이해할 수 없는 이상한 일이다. 전부터 일기를 써야겠다고 생각은 했지만. 어쩌면 엊그제 형이 읽어준 멋진 구절 때문에 흥분해서 '그래, 내

일부터!' 라고 각오했을지도 모른다. 열여섯 살의 16일, 마태오 복음 6장 16절. 하지만 이것은 모두 우연의 일치에 지나지 않는다. 이런 시시한 걸 암호화하며 좋아라 하는 것은 꼴사나운 일이다.

그럼 더 깊이 생각해 보자. 집히는 게 있긴 있다. 비밀은 16일이라는 날짜가 아니라 금요일에 있는 건 아닐까? 나는 금요일만 되면 희한하게도 생각이 많아진다. 예전부터 그랬다. 이상하게 마음이 불안했다. 금요일은 기독교적으로 볼 때도 불행한 날이다. 그래서 외국에서도 불길한 날로 여기며 사람들이 싫어하는 것 같다. 내가 특별히 외국인 흉내를 내며 미신을 믿는 것은 아니지만, 아무래도 이 날을 아무렇지 않게 보낼 수는 없었다.

그래, 난 금요일을 좋아하는 것 같다. 나는 불행을 좋아하는 경향이 있다. 분명 그렇다. 별거 아닌 것 같지만, 이것은 중대한 발견이다. 이런 불행을 동경하는 성향은 앞으로 내 인격의 중요한 부분을 형성하게 될지도 모른다. 그렇게 생각하니 왠지 불안한 기분이 든다. 귀찮은 일이 일어날 것만 같다. 아, 쓸데없는 것을 생각해냈군. 하지만 사실이니 어쩔 수 없지. 진리의 발견이 사람에게 반드시 쾌락을 주지는 않는다. 지혜의 열매는 원래 쓴 법이다.

오늘은 어제 써놓은 것처럼 기무라에 대해 써야 하지만 이제 별로 내키지 않는다. 간단히 말하자면 나는 어제 기무라에게 감동받았다. 기무라는 우리 학교에서 꽤나 유명한 날라리다. 벌써 몇 번이나 낙제해서 이미 열아홉 살쯤 되었을 것이다. 지금껏 기무라와 제대로 이야기를 나눈 적이 한 번도 없었는데, 어제 집으로 오는 길에 그에게 끌려가다시피한 단팥죽 집에서 우리는 서로의 인생관에 대해 이야기했다.

기무라는 의외로 교양 있는 녀석이었다. 그는 니체를 읽고 있었다. 아직 형에게 배우지 않아서 니체에 대해 아무것도 모르는 나는 그저 얼굴만 붉히고 있었다. 나는 성경과 도쿠토미 로카에 대해 이야기했지만 그를 당해낼 수 없었다. 그의 사상은 실제 생활 속에서도 착실히 실행되고 있어서 더욱 대단하게 느껴졌다. 기무라의 말에 의하면 니체의 사상은 히틀러로 연결된다고 한다. 어떻게 연결되는지 기무라가 여러 가지 철학적인 설명을 해주었지만 하나도 알아들을 수 없었다.

기무라는 정말 공부하고 있었다. 나는 이 친구를 대단하다고 생각했다. 좀 더 깊이 사귀어 보고 싶었다. 그는 내년에 육군사관학교에 응시할 거라고 했다. 역시 니체주의와 관계가 있는 것 같다. 하지만 육군사관학교는 매우 어렵다고들 하니 안 될지도 모른다.

"그만 두는 편이 좋을 텐데."

나의 중얼거리는 소리에 기무라는 매서운 눈초리로 째려보았다. 무서웠다. 그에게 지지 않도록 나도 열심히 공부해야겠다고 생각했다. 나는 영단어 천 개를 외우고 대수와 기하를 처음부터 다시 시작하기로 결심했다. 기무라의 확고한 사상에 감탄하기는 했지만 왠지 니체를 읽고 싶다는 생각은 들지 않았다.

오늘은 토요일이다. 학교에서 윤리 수업을 들으면서 멍하니 창밖을 바라보았다. 흐드러지게 피어 있던 벚꽃도 대부분 져버리고, 지금은 검붉은 꽃받침만이 남아 있다. 문득 여러 가지 생각이 들었다. 엊그제 나는 어려운 인생의 문제가 많다고 잘난 척하다 형에게 무시당했다. 사실 요즘 나의 우울함은 그런 복잡한 문제보다는 내년 입시 때문일지도 모른다. 아아, 시험은 싫다. 인간의 가치가 짧은 한두 시간의 시험으로 바로 결정된다니 참으로 무서운 일이다. 그것은 신을 범하는 일이다. 시험관은 모두 지옥에 갈지도 모른다.

"괜찮아. 내년에 통과할 거야."

형은 나를 과대평가하고 있지만 나는 전혀 자신이 없다. 하지만 이제 중학교 생활은 완전히 질려서 내년에 만약 동경대에 실패한다 해도 다른 대학이라도 바로 들어가 버릴 생각이다. 그렇게 된다면, 그 후에는 인생의 목표를 정해서 나아가야 할

텐데. 이 역시 어려운 문제다. 대체 어떻게 해야 좋을지 모르겠다. 그저 당혹스럽기만 할뿐이다.

초등학교 때부터 선생님들은 종종 이런 얘기를 했다.

'위대한 사람이 되라!'

하지만 세상에 그처럼 두루뭉술하고 무책임한 말이 또 있을까. 뭘 어쩌라는 건지 도통 알 수 없는 말이다. 우릴 바보 취급하는 건가? 책임감이라고는 찾아볼 수 없는 말이다. 나는 이제 더 이상 어린아이가 아니다. 벌써 인생의 괴로움을 조금씩 알아가고 있는 것이다.

그 예로 중학교 선생님 역시 숨겨진 생활은 의외로 비참한 것 같다. 나츠메 소세키의 작품 『도련님』만 봐도 잘 알 수 있다. 고리대로 생활하는 사람도 있고, 부인에게 매일 구박만 받고 있는 사람도 있을 것이다. 교사들 역시 불쌍한 패배자 같은 모습을 숨기고 사는 것이다. 학식 역시 그다지 뛰어난 것처럼 보이지도 않는다. 그런 시시한 사람이 항상 똑같은 얘기로 그저 무난하고 그럴 듯한 교훈을 아무 확신 없이 가볍게 얘기하고 있으니 학교가 싫어지는 것이다. 적어도 좀 더 구체적이고 우리에게 친숙한 방법이라도 알려준다면 얼마나 도움이 될까.

자신의 실패담을 조금 솔직히 들려주기만 해도 우리에게 진심이 전해질 텐데, 언제나 똑같은 권리와 의무의 정의, 대아와

소아의 구분처럼 뻔한 얘기들만 구구절절이 되풀이하고 있다.

오늘의 윤리 수업만 봐도 정말 지루했다. 영웅과 소인이라는 주제인데 가네코 선생님은 그저 나폴레옹과 소크라테스를 칭찬하고 일반 소시민의 비참함을 매도할 뿐이었다. 그래서는 아무것도 되지 않는다. 모든 사람들이 나폴레옹이나 미켈란젤로가 될 수 있는 것도 아니고, 소시민의 고군분투 속에도 존경할 만한 점이 있는 법인데 가네코 선생님의 이야기는 언제나 개념이 잘 서지 않는 것이다. 그런 사람이야말로 속물이라고 하는 것이다. 머릿속이 고리타분하다. 이미 오십을 넘겼으니 어쩔 수 없다. 선생님이 학생들에게 동정 받을 지경이 되면 끝난 것이다. 정말 이 사람들은 오늘까지 나에게 아무것도 가르쳐주지 않았다.

나는 내년이면 이과인지 문과인지 결정해야만 한다. 상황은 정말 심각할 정도로 급박해지고 있는데 나는 아직도 어찌해야 좋을지 망설이고만 있다. 알맹이 없는 이야기를 멍하니 듣다 보니 작년에 가신 구로다 선생님이 갑자기 보고 싶어졌다. 가슴속 깊은 곳에서 그리움이 사무쳤다. 구로다 선생님은 뭔가 달랐다. 무엇보다 지혜로웠다. 남자답고 언행도 시원시원했다. 중학교 전체의 존경을 받았다고 해도 과언이 아닐 것이다.

어느 날 영어 시간에 구로다 선생님은 리어왕이 나오는 장면

의 해석을 마치고는 갑자기 자신의 얘기를 시작했다. 조금 전과는 완전히 달라진 어조였다. 몹시 언짢은 투란 바로 그런 것이 아닐까 싶을 정도로 매우 퉁명스러운 말투였다. 게다가 아무런 예고도 없이 갑자기 시작된 이야기였기에 우리는 더욱 깜짝 놀랐다.

"이제 이걸로 끝이다. 참 덧없는 일이야. 교사와 학생 사이 따위 무책임하기 짝이 없어. 교사가 퇴직해버리면 그날로 타인이 된다. 너희들이 나쁜 게 아니라, 교사들이 나쁜 거지. 사실 교사들은 모두 바보다. 남자인지 여자인지 알 수 없는 놈들 투성이지.

교무실의 공기는 무식함과 이기주의로 가득 차 있어. 학생을 사랑하지 않아. 나는 2년 동안 노력해왔지만 이제 더는 못하겠다. 잘리기 전에 내가 그만 둘 것이다. 오늘 이 시간을 마지막으로 끝이다. 이제 너희들과 만날 수 없을지도 모르지만, 우리 서로 열심히 공부하도록 하자! 공부는 좋은 것이다.

대수나 기하학 따위 학교를 졸업하면 아무 필요 없다고 생각하는 사람도 있는 것 같은데, 그건 아주 잘못된 생각이다. 식물이든 동물이든, 물리든 화학이든 시간이 허락하는 한 모두 공부해야만 한다. 일상생활에 직접 도움이 되지 않을 것 같은 과목이야말로 앞으로 너희들의 인격을 완성시키는 것이다. 자신

의 지식을 자랑할 필요는 없다. 공부하고 난 후 완전히 잊어버려도 좋다.

외우는 것이 중요한 것이 아니라 중요한 것은 컬쳐베이트, 즉 스스로를 길러내고 성숙시키는 것이다. 컬쳐란 공식이나 단어를 많이 암기하는 것이 아니라 마음을 넓게 가지는 것. 즉 사랑하는 것을 아는 것이다. 학창시절에 공부하지 않은 사람은 사회에 나온 후에도 매정한 에고이스트가 된다.

학문 따위 외우는 것과 동시에 잊어버려도 좋다. 하지만 모두 잊어버린다 해도 공부라는 훈련의 뿌리에는 한 줌의 사금이 남아 있다. 그게 가장 중요한 것이다. 모두들 공부해야만 한다. 그리고 그 학문을 생활에 무리하게 접목시키려고 초초해하지 말아라. 천천히 진짜 컬쳐베이트 된 인간이 되라. 내가 하고 싶은 말은 이것뿐이다. 너희와는 이제 이 교실에서 함께 공부할 수 없겠지. 하지만 너희의 이름은 평생 잊지 않고 기억해 둘 것이다. 너희도 가끔은 나를 떠올려주기 바란다. 어이없는 이별이지만 남자 대 남자로 깔끔하게 해치우자. 마지막으로 너희들의 건강을 빈다."

약간 창백하고 웃음기 하나 없는 얼굴로 선생님은 우리에게 작별을 고했다.

나는 선생님에게 달려가 울고 싶었다.

"차렷, 경례!"

반장이 울음 섞인 목소리로 호령을 내렸다. 60명의 학생들이 일어나서 진심어린 인사를 했다.

"이번 시험은 걱정하지 말아라."

선생님은 처음으로 생긋 웃었다.

"선생님, 안녕히 가세요."

낙제생 시다의 작은 목소리에 뒤이어 60명의 학생들이 입을 모아 외쳤다.

"선생님, 안녕히 가세요."

나는 소리 내어 울고 싶었다.

구로나 선생님은 지금 뭘 하고 계실까? 혹시 전쟁에 나갔을지도 모른다. 아직 서른 살 정도의 젊은 나이니까.

구로다 선생님에 대해 쓰다 보니 시간 가는 걸 잊어버렸다. 벌써 열두 시가 다 되었다. 형은 옆방에서 조용히 소설을 쓰고 있다. 장편소설인 것 같다. 벌써 이백 장이 넘었다고 한다. 형은 낮과 밤이 거꾸로다. 매일 오후 4시쯤 일어나서는 항상 밤을 샌다. 몸에 별로 좋지는 않을 텐데.

나는 이제 졸려서 버틸 수 없다. 도쿠토미 로카의 『추억기』를 조금 읽다 잘 생각이다. 내일은 일요일이니까 마음 편히 늦잠을 잘 수 있다. 일요일의 기쁨은 그것뿐이다.

　　　　　맑았다 흐려짐. 오늘은 11시에 일어났다. 별로
특별한 일도 없었다. 그게 당연하지만. 일요일이라고 해서 뭔
가 좋은 일이 있을 것이라는 생각 자체가 잘못된 것이다. 인생
은 평범한 것이다. 내일은 또 다시 월요일. 내일부터 일주일 동
안 학교에 간다. 나는 매사에 손해를 보는 성격인 것 같다. 일
요일을 일요일로 즐길 수가 없다. 일요일 뒤에 숨어 있는 월요
일의 잔인함이 두렵다. 월요일은 블랙, 화요일은 피의 색, 수요
일은 화이트, 목요일은 갈색, 금요일은 금색, 토요일은 쥐색,
그리고 일요일은 빨간 위험신호다. 쓸쓸할 수밖에 없다.

　오늘은 오후에 영어 단어와 대수 문제를 닥치는 대로 풀었
다. 불쾌할 정도로 무더운 날이었다. 아침에 자고 일어나 잠옷
그대로 앉아 열심히 공부했다. 저녁식사 후의 차가 맛있었다.
형도 맛있다고 했다. 어른들이 말하는 술맛이란 게 바로 이런
게 아닐까 싶었다.

　그럼 오늘 밤에는 무슨 얘기를 써볼까? 아무것도 쓸 게 없으
니 우리 가족 얘기나 써야지. 우리 집에는 모두 7명이 살고 있
다. 엄마와 누나, 형, 나와 집안일을 도와주는 키지마 씨와 우
메야, 그리고 지난달부터 우리 집에 드나드는 간호가 스기노

씨까지 모두 일곱 명이다. 아빠는 내가 여덟 살 때 돌아가셨다. 아빠는 살아계실 때 약간 유명한 사람이었던 것 같다. 미국에서 대학을 나온 크리스천으로 당시의 신지식인이었다고 한다. 정치가라기보다는 사업가라고 말하는 편이 더 어울리려나.

말년에 정계에 들어갔지만 그건 아주 짧은 4,5년 동안의 일이었고, 그전에는 사업가였다. 아빠가 정치계에 입문한 후로 집안의 재산 대부분이 없어졌다고 한다. 내가 집안 재산에 대해 말하는 것은 좀 그렇지만 엄마의 얘기를 빌리자면 당시 매우 힘들었다고 한다. 아빠가 돌아가신 후 얼마 지나지 않아 우리는 우시고메의 큰 집에서 지금의 이 고우지마치 집으로 이사해왔다. 그리고 그후 엄마는 병에 걸려 지금까지 자리에 누워만 있다.

하지만 나는 아빠를 조금도 원망하지 않는다. 아빠는 나를 항상 꼬마라고 불렀다. 아빠에 대한 기억은 그다지 남아 있지 않지만, 매일 아침 우유로 세수를 하던 것만은 확실하게 기억하고 있다. 매우 멋쟁이였던 것 같다. 거실에 걸려 있는 사진을 보면 단정하고 멋있는 얼굴이다. 누나의 얼굴이 아빠와 가장 많이 닮았다고 한다.

우리 누나는 참 불쌍하다. 올해로 스물여섯. 드디어 이번 달

28일에 결혼을 한다. 오랫동안 엄마 병간호와 동생들을 돌보느라 결혼을 못한 것이다. 엄마는 아빠가 돌아가신 직후에 병으로 쓰러졌다. 결핵성 척추염이었다. 이미 십년 가까이 누워만 있다. 엄마는 환자이지만, 자기 주장이 강하고 말도 직설적이라 간호사들이 와도 금방 도망가기 일쑤였다. 그래서 누나가 꼭 필요했다.

하지만 올해 정월에 형이 엄마한테 강하게 말해 드디어 누나의 결혼을 승낙받았다. 형이 화를 낼 때에는 정말 대단하다. 누나의 결혼도 이제 며칠 안 남아서 지난 달부터 간호사 스기노 씨가 누나에게 배우면서 간병을 하게 된 것이다. 엄마는 투덜거리면서도 체념한 듯 스기노 씨의 간호를 받고 있는 것 같다. 엄마도 형은 못 이기나 보다.

엄마! 누나가 없어도 낙담하지 말고 형과 저를 위해 꼭 건강해지세요. 누나도 벌써 스물여섯인데 그러면 안 되지요. 너무 불쌍하잖아요. 아차, 내가 너무 주제넘은 소리를 했다. 하지만 결혼은 인생의 대사건이다. 특히 여자에게는 유일한 대사건이라고 말할 수 있을지도 모른다. 부끄러워할 게 아니라 진지하게 생각해야지.

누나는 고귀한 희생자였다. 누나의 청춘은 집안일과 병간호로 끝나버렸다고 말해도 과언이 아닐 것이다. 그러나 그 긴 인

고의 시간이 결코 누나에게 시간 낭비만은 아니었다고 생각한다. 누나는 우리와는 비교도 되지 않을 정도로 깊은 분별력을 갖고 있을 것이다. 인고의 시간은 인간의 이성을 단련시켜주기 때문이다.

누나의 눈동자는 요즘 매우 아름답게 빛나고 있다. 결혼이 코앞으로 다가왔는데도 괜스레 수선을 떨거나 우쭐해 하지도 않는다. 편안한 마음으로 결혼생활을 시작할 것 같다. 누나의 결혼 상대인 스즈오카 씨도 이미 마흔에 가까운 중년이다. 유도 4단의 유단자. 코가 둥글고 빨간 것이 단점이지만 친절한 것 같다. 나는 그가 좋지는 않지만 싫지도 않다. 어차피 남이니까. 하지만 형은 이런 매형을 두니 마음이 든든해진다고 한다. 그럴지도 모른다. 하지만 나는 매형의 신세는 지지 않을 작정이다. 그저 누나의 행복을 빌 뿐이다.

누나가 없어지면 집 안이 쓸쓸해지겠지. 불이 꺼진 것 같은 기분이 들지도 모른다. 하지만 참아야 한다. 누나가 행복하다면 그걸로 됐다. 누나는 훌륭한 부인이 될 것이다. 그건 내가 가족의 한 사람으로 확실히 보증할 수 있다. 만약 누나가 없었다면 우리가 어떻게 되었을까? 지금쯤 불량소년이 되어 있었을지도 모른다. 누나는 동생들의 개성을 간파하고 따뜻하게 키워줬다. 누나와 형과 나 우리 셋은 플라토닉한 끈으로 묶여 있

다. 신성한 동맹이다. 그리고 누나는 이성적인 면에서도 우리보다 뛰어났기 때문에 언제나 우리를 리드해왔다.

나는 믿는다. 누나는 분명 결혼생활에서도 역시 조용한 행복을 만들어낼 것이다. 어떤 재난이 몰려와도 누나는 부부의 행복을 지켜낼 수 있는 대단한 힘을 갖고 있다.

누나, 축하해! 누나는 이제부터 행복해질 거야. 내가 사생활에 대해 말을 하는 게 실례가 될지도 모르지만, 누나는 아직 부부 사이의 애정이란 것은 없을 거야.(물론 나도 그게 뭔지 몰라. 짐작조차 할 수 없지만 의외로 별것 아닐지도 모르지.) 하지만 만약 부부애라는 것이 이 세상에 있다면 누나는 그 최상의 것을 실현해낼 거야. 누나! 나의 이 아름다운 '환상'을 깨지 말아줘.

잘 가. 건강하게 잘 살아! 만약 이게 영원한 이별이라면 영원히 잘 지내.

이상은 누나에게만 살짝 말하는 기분으로 쓴 것이지만, 누나는 나의 은밀한 이별의 말을 영원히 못 볼지도 모른다. 이것은 나 혼자만의 비밀 일기장이니까. 하지만 누나가 이걸 본다면 또 웃겠지?

이 이별의 인사를 누나에게 직접 말할 만큼의 용기가 없다니 한심하고 슬픈 일이다.

내일은 월요일. 블랙데이. 이제 그만 자야지. 신이시여, 나를 잊지 마소서.

4월 19일. 월요일.

대체로 맑음. 오늘은 정말 짜증나는 날이었다. 나는 이제 축구부를 탈퇴하기로 마음먹었다. 스포츠가 너무 싫어졌다. 이제부터는 내 마음대로 놀면서 지내야지. 그쪽에서 말도 안 되게 나오니 나도 어쩔 수 없다. 오늘 난 축구부의 주장인 카지를 한 대 때려주었다. 카지는 야비한 녀석이다.

방과 후 축구부원 모두가 운동장에 모여서 이번 학기의 첫 연습을 시작했다. 작년 팀에 비해 올해는 기백이나 기술에 있어서도 훨씬 못하다. 이래서는 이번 학기 중에 외부 팀과 시합이나 할 수 있을지 의심스러울 정도다. 그저 멤버가 모였다는 것뿐이지 팀워크는 조금도 찾아볼 수 없다. 주장이 잘못된 것이다.

사실 카지에게는 주장이 될 만한 자격이 없다. 올해 졸업했어야 하는데 낙제했기 때문에 그저 나이가 많아서 주장이 된

것이다. 팀을 통솔하기 위해서는 훌륭한 킥 보다는 인격의 힘
이 필요하다. 카지는 인격도 부족하고 속도 좁다. 연습 중에도
지저분한 농담만 지껄인다. 진지함이라고는 찾아볼 수가 없다.
카지뿐만 아니라 멤버 전체가 시시덕거리며 농땡이나 피우고
있다. 한 녀석씩 멱살을 잡아 물에 처박아주고 싶을 정도다. 연
습이 끝난 후 여느 때처럼 샤워를 하러 갔을 때였다. 탈의실에
서 갑자기 카지가 야비하고 외설스러운 말을 했다. 게다가 나
의 몸에 대해서. 그가 한 말은 도저히 여기서 쓰고 싶지 않다.
나는 벌거벗은 채로 카지 앞에 섰다.

"네가 그러고도 스포츠맨이야?"

누군가가 그만두라고 하는 소리가 들렸다.

카지는 벗다만 셔츠를 다시 입었다.

"너, 지금 한번 해보자는 거야?"

아래턱을 치켜올린 카지는 하얀 이를 드러내 보이며 웃었다.

나는 그 얼굴에 주먹을 날려주었다.

"스포츠맨이면 창피한 줄 알아!"

카지는 삥, 하고 바닥을 세게 찼다.

"에이씨!"

카지는 울음을 터뜨렸다. 정말 의외였다. 근성 없는 녀석 같
으니라고. 나는 얼른 샤워장으로 가서 몸을 씻었다.

알몸으로 싸움을 하다니 그다지 자랑할 만한 일은 아니었다. 아무튼 나는 스포츠가 싫어졌다. 건전한 육체에 건전한 정신이 깃든다는 말이 있는데, 사실 그리스 원문에는 건전한 육체에 건전한 정신이 깃든다면! 이란 원망과 탄식의 의미가 포함되어 있다고 한다. 언젠가 형이 그렇게 말했다. 건전한 육체에 건전한 정신이 깃들어 있다면, 얼마나 멋있을까? 하지만 현실은 좀처럼 그렇지 못하다는 의미 같다. 카지 역시 다부진 체격을 갖고 있지만 정말 안타까운 일이다. 그야말로 저런 건전한 체격에 명랑한 정신이 깃들어 있다면, 이다.

저녁에는 헬렌 켈러 여사의 라디오 방송을 들었다. 카지에게도 들려주고 싶었다. 맹인에 말도 할 수 없는 절망적인 육체를 갖고 있으면서도 스스로의 노력으로 말도 할 수 있게 되고, 비서의 말도 알아듣고, 저술도 가능하게 되어 결국에는 박사 학위를 취득했다. 우리는 이 부인에게 무한한 존경을 표해야만 한다. 라디오에서 청중들의 우레와 같은 박수소리가 들려왔다. 그들이 받은 감격이 나에게까지 고스란히 전해져 나도 모르게 눈물을 흘리고 말았다.

헬렌 켈러 여사의 작품도 조금 읽어보았다. 종교적이 시가 많았다. 신앙이 여사를 갱생시켰을지도 모른다. 역시 신앙의 힘이 강하다는 것을 느낄 수 있었다. 종교란 기적을 믿는 힘이

다. 합리주의자는 종교를 이해할 수 없다. 종교란 불합리를 믿는 힘이다. 불합리하지만 그러기에 특수한 '신앙'의 힘. ─아아, 뭐가 뭔지 모르겠네. 형에게 다시 한 번 물어봐야지.

내일은 화요일. 정말 싫다. 남자가 문지방을 넘어 집 밖으로 나가면 적이 일곱이라더니, 정말 딱 맞는 말이다. 그 어떤 방심도 용납되지 않는다. 학교에 가는 건 수백 명의 적군 속으로 뛰어드는 것과 다를 바 없다. 다른 이에게 지기는 싫고, 그렇다고 해서 이기려면 필사적인 노력이 필요하니. 아, 싫다. 승리자의 비애인가.

카지야, 내일은 우리 서로 웃으면서 악수하자. 네가 목욕탕에서 한 얘기처럼 내 몸은 너무 하얘. 나도 싫어서 견딜 수 없어. 하지만 나는 이상한 곳에 화장 따위 한 적은 없다고. 누굴 멍청이로 아나.

오늘 밤에는 성경책이나 읽고 자야겠다.

마음을 편히 할지니, 두려워 말라.

4월 20일. 화요일.

맑음이긴 하지만 전국 맑음은 아님. 대체로 맑음 정도. 오늘은 학교에 가자마자 카지와 화해했다. 언제까지나 불안한 기분으로 있고 싶지는 않아서 카지의 교실로 찾아가서 깔끔하게 사과했다. 카지는 기분이 좋아 보였다.

친구의 웃음 뒤에 숨겨진 쓸쓸함에
나 역시 웃음으로 답하는 쓸쓸함.

하지만 나는 여전히 카지를 경멸한다. 그건 어쩔 수가 없다. 카지는 나를 신뢰한다는 듯이 조심스럽고 낮은 목소리로 말했다.

"언제 한번 너한테 상담하려고 했는데. 우리 축구부의 1학년 신입생이 열다섯 명이나 있거든. 그런데 녀석들이 모두 글러먹었단 말이지. 시시한 녀석들을 많이 받아봤자 우리 부의 질만 떨어질 뿐이지. 나 역시 잘해봐야겠다는 의욕이 안 생기더라고. 너도 고민 좀 해봐."

나는 그의 말이 우스꽝스럽게 들렸다. 그는 그저 자기변호를 하고 있다. 자신이 야무지지 못한 것을 신입생 탓으로 돌리려

는 것이다. 정말 비겁한 녀석이다.

"많다고 해도 무슨 상관이야. 연습을 빡빡하게 하면 글러먹은 녀석들은 알아서 떨어져나갈 테고, 괜찮은 녀석들만 남을 텐데."

내가 말했다.

"그게 또 그렇게 할 수는 없거든."

카지는 큰소리로 말하고는 바보 같은 웃음을 지었다. 왜 그렇게 할 수 없다는 건지 나는 이해할 수 없었다. 하지만 어차피 난 축구부에 대한 정열이 모두 사라졌다. 멋대로들 하라지. 사상 최강의 물렁한 팀이 완성되겠군.

집으로 돌아오는 길에 영화관에 들러 〈전진하라! 류키헤이〉를 보고 왔다. 재미없었다. 정말 보잘 것 없는 작품이었다. 돈이랑 시간만 날렸다. 날라리 기무라가 대단한 걸작이니 꼭 보라고 신신당부를 하기에 기대하고 보러갔더니만. 하모니카 반주라도 곁들이면 잘 어울릴 듯한 싸구려 포마드 냄새가 나는 영화였다. 기무라는 도대체 어디에 어떻게 감동한 걸까? 이해할 수 없다. 기무라는 의외로 아직 어린 게 아닐까? 떨어지는 낙엽만 봐도 즐거운 건가. 이젠 녀석의 니체도 믿지 못하겠다. 심심풀이 땅콩 정도의 니체일지도 모른다.

오늘밤 누나는 스즈오카 씨에게서 온 전화를 받고 나갔다.

결혼 전 데이트를 즐기는 것이다. 둘이서 매우 진지한 얼굴로 긴자를 걷고, 아이스크림이라도 먹고 있을까? 의외로 〈전진하라! 류키헤이〉 따위를 보고 감동하고 있을지도 모른다. 결혼식이 이제 코앞인데 한가하기는. 그런 건 뭐 하려고 하는지.

엄마는 조금 전에 히스테리를 일으켰다. 몸을 닦기 위해 가져온 대야의 물이 너무 뜨겁다며 뒤집어엎어 버린 것이다. 간호사인 스기노 씨는 울고, 우메야는 이리저리 뛰어다니고 대단한 난리가 아니었다. 형은 모르는 척하며 공부를 하고 있다. 나는 걱정이 되어 안절부절못하고 있었다. 누나가 있었으면 금방 정리되었을 텐데.

스기노 씨는 계단 아래에서 오랫동안 훌쩍이고 있었고, 그 옆에서 샌님 같은 키지마 씨가 대단한 철학자나 되는 듯 장중한 어조로 위로하고 있는 모습이 우스꽝스러웠다. 키지마 씨는 엄마의 먼 친척이다. 6년 전 시골의 고등소학교를 졸업하고 우리 집으로 왔다. 그후 징병검사를 위해 시골로 돌아갔지만 얼마 후 다시 올라왔다. 근시가 심해서 3급을 받았다고 한다. 여드름이 무척 심하지만 못 봐 줄만한 얼굴은 아니다. 정치가가 되는 것이 꿈인 것 같다. 하지만 공부는 전혀 하지 않으니 되지 못할 것이다. 우리 아빠에 대해 밖에 나가서는 '숙부님'이라고 부르는 것 같다. 악의는 없는 담백한 사람이다. 하지만 그게 다

인 인간이다. 평생 우리 집에 있을 생각인지도 모른다.

조금 전 드디어 누나의 귀가. 10시 8분.

나는 이제 대수 문제를 30개 풀어야 한다. 너무 지쳐 눈물이 날 지경이다. 로버트 뭐라는 사람이 말하기를 '한 방해자가 항상 내 옆에 들러붙어 있으니 그의 이름이 정직이다.' 라고 했다지. 세리카와 스스무가 말하길 '한 방해자가 항상 내 옆에 들러붙어 있으니 그의 이름이 시험이다.'

시험 없는 학교에 들어가고 싶다.

4월 21일. 수요일.

흐림. 밤에는 비. 이 우울함의 끝은 어디일까. 이젠 일기를 쓰는 것도 질렸다. 오늘 수업시간에 너구리라는 별명으로 불리는 수학 선생님이 지저분해 보이는 긴 장화 같은 걸 신고 와서는 4학년 때 수험을 치는 사람이 몇 명 있는지 손을 들어보라고 했다. 깜짝 놀라 나도 모르게 살짝 손을 들었더니 나 혼자였다. 반장 야무라조차 눈치를 보며 손을 들지 않았다. 그저 고개만 숙인 채 머뭇거리고 있었다. 비겁한 녀석.

"그래? 세리카와 군이 그렇단 말이지?"

너구리는 히죽 웃었다. 순간 창피해서 쥐구멍이라도 들어가고 싶었다.

"어디에 지원할 건데?"

너구리의 완전히 나를 깔보는 말투였다.

"아직 정하지 않았습니다."

차마 동경대라고 말할 용기는 없었다. 슬펐다.

너구리는 콧수염을 한손으로 누르며 킥킥 웃었다. 정말 싫었다.

"그런데 너희들."

너구리는 정색을 하며 모두를 둘러보았다.

"4학년 때 지원을 한다면 어디 한번 해볼까 하는 장난 같은 기분이 아니라 반드시 합격하겠다는 각오로 지원해야만 한다. 가벼운 기분으로 응시했다 떨어지면, 그 후로는 떨어지는 게 습관이 되어서 5학년이 된 후에 응시해도 안 되는 경우가 많다. 아주 신중하게 생각해서 결정하도록."

나의 존재 따위 묵살하는 듯한 말이었다.

나는 너구리를 죽여버리고 싶었다. 이렇게 무례한 교사가 있는 학교 따위 불타버리길 바랐다. 이제 난 무슨 일이 있어도 4학년 때는 다른 학교로 가버릴 것이다. 내가 이딴 학교에 5년이

나 남아 있을 거 같아? 그 전에 내 몸이 썩어버릴 걸! 내가 비록 지금은 어학에 비해 수학성적이 별로 좋지 않지만, 그래서 이 렇게 매일매일 열심히 공부하고 있지 않은가.

아, 정말 동경대에 보란 듯이 들어가서 너구리의 속을 완전히 뒤집어주고 싶은데. 안 될지도 모른다. 왠지 공부도 싫어 졌다.

학교가 끝나고 극장에 들려 〈죄와 벌〉을 보고 왔다. 영화에 깔린 배경음악이 좋았다. 눈을 감고 음악만 듣고 있자니 눈물이 흘러나왔다. 나는 추락하고 싶다고 생각했다.

집에 돌아온 후에도 나는 공부가 손에 잡히지 않았다. 긴 시를 하나 지었다. 시의 내용은 대충 이러하다.

–나는 지금 깊고 어두운 바닥을 기어다니고 있다. 하지만 절망하지 않는다. 어딘지 알 수 없는 곳에서 희미하게 빛이 들어오고 있다. 그 빛이 무엇인지 나는 알 수 없다. 빛을 희미하게 손바닥에 받으면서도 그 빛의 의미를 풀 수가 없다. 그저 조바심만 낼 뿐이다. 이상한 빛이여. –

언젠가 형에게 보여주리라 생각했다. 형은 참 좋겠다. 재능이 있으니까. 형의 설명에 의하면 재능이란 어떤 것에 매우 흥미를

갖고 완전히 빠져들 때 나타나는 거래나 뭐래나. 하지만 나처럼 이렇게 매일 증오하거나 화를 내고 지나치게 무의식중으로 빠져드는 것은 그저 내가 형편없는 놈일 뿐이지 재능이 나타날 동기가 될 리는 없다. 오히려 무능력자의 증거일지도 모른다.

아아, 누군가 나를 확실하게 판단해 줄 수는 없을까? 바보인가, 천재인가, 거짓말쟁이인가, 천사인가, 악마인가, 속물인가. 순교자가 될 것인가, 학자가 될 것인가, 아니면 위대한 예술가가 될 것인가. 자살인가. 정말 죽고 싶은 기분이 들 때도 있다. 아버지의 존재가 오늘밤만큼 뼈에 사무치게 절실한 적이 없다. 평상시에는 깨끗하게 잊고 지냈는데 이상한 일이다. '아버지'라는 존재는 왠지 매우 크고 따뜻할 것 같다. 그리스도가 그 슬픔이 극에 달했을 때, "아아, 아버지여!"라고 큰소리로 부른 기분을 알 것 같았다.

4월 22일. 목요일.

흐림. 별로 특별한 일이 없으니 쓸 게 없다. 아침에 지각했다.

4월 23일. 금요일.

      비. 저녁에 기무라가 기타를 들고 집에 놀러왔다. 한 번 쳐보라는 권유에 연주를 시작했는데 너무 못쳤다. 내가 계속 아무 말없이 가만히 있자 기무라는 그럼 이만, 이라고 말하더니 돌아갔다. 빗속에 일부러 기타를 들고 오는 녀석은 바보다. 피곤하니 일찍 자야겠다. 취침시간 9시 30분.

4월 24일. 토요일.

      맑음. 오늘은 아침부터 하루 종일 학교를 땡땡이쳤다. 이렇게 좋은 날씨에 학교에 가는 게 아까웠다. 우에노 공원에 가서 벤치에 앉아 점심을 먹고, 오후에는 계속 도서관에 있었다. 마사오카 시키의 전집을 1권부터 4권까지 빌려서 찔끔찔끔 읽었다. 깜깜해진 후에야 집으로 돌아왔다.

4월 27일. 화요일.

　　　　　비. 불안, 초조. 잠을 잘 수 없다. 새벽 1시, 멀리서 공사장 인부들이 야간작업 하는 소리가 들린다. 빗속에서 이루어지는 무언의 노동이다. 자갈의 부스럭거림과 삽질 소리만이 규칙적으로 들려온다. 힘쓰는 소리 하나 들리지 않는다. 내일은 누나의 결혼식이다. 누나가 이 집에서 자는 것도 오늘 밤이 마지막이다. 어떤 기분일까? 끝.

4월 28일. 수요일.

　　　　　쾌청. 아침에 누나 앞에 앉아서 예의를 갖춰 인사를 하고 재빠르게 등교. 내가 인사를 하자 누나는 내 이름을 부르며 울음을 터뜨렸다.

　"스스무! 스스무!"

　엄마가 안에서 부르는 것 같았지만 나는 신발 끈도 묶지 않은 채 현관에서 뛰쳐나왔다.

5월 1일. 토요일.

대체로 맑음. 요즘 일기에 소홀해졌다. 특별한 이유는 없다. 그저 쓰기 싫어졌기 때문이다. 지금은 오랜만에 갑자기 쓰고 싶어져서 쓴다.

오늘은 형에게 기타를 선물 받았다. 저녁식사를 마치고 난 후 형과 긴자에 산책하러 갔다가 악기점의 쇼윈도를 들여다보며 말했다.

"기무라도 저거랑 똑같은 거 갖고 있는데."

아무렇지 않게 던진 말에 형은 내게 물었다.

"갖고 싶어?"

"진짜? 그래도 돼?"

내가 살짝 겁먹은 모습으로 형의 안색을 살폈더니 형은 조용히 가게 안으로 들어가서 사다 주었다.

형은 나보다 열 배 이상 외로운가보다.

5월 2일. 일요일.

　　　　　비온 후 갬. 일요일인데 놀랍게도 8시에 일어났다. 일어나자마자 바로 기타를 닦았다. 사촌인 케이가 놀러왔다. 상대생이 된 후 첫 왕림이시다. 새로 맞춘 양복이 눈부실 정도다.

"우와, 사람이 달라졌네."

기분 좋으라고 던진 말에 헤헤헤, 하고 웃는다. 한심한 녀석. 상대에 들어갔다고 해서 사람이 달라질 성 싶냐. 빨간 줄무늬 와이셔츠를 입고는 잘난 척 하고 있다. 호박에 줄긋는다고 수박이 될 수 없다는 사실을 아직도 모르나 보다.

"독일어가 너무 어려워서 말이야."

이런 얘기나 하고 있다. 허, 참 그러십니까? 대학생이 되면 역시 뭐가 달라도 다르군요. 속이 부글부글 끓어올라 묵묵히 기타를 쳤다. 긴자에 같이 가자고 했지만 거절했다.

나는 요즘 공부를 전혀 하지 않고 있다. 아무것도 하지 않는다. Doing nothing is doing ill. 아무 것도 하지 않는 것은 죄라는데. 나는 케이에게 질투하고 있는지도 모른다. 창피한 일이다. 현명해지자.

5월 4일. 화요일.

　　　맑음. 오늘은 학교 강당에서 축구부의 신입생
환영회가 있었다. 잠깐 들렸다 금방 집으로 왔다. 요즘 나의 생
활에는 비극조차 없다.

5월 7일. 금요일.

　　　흐림. 밤에는 비. 따뜻한 비다. 한밤중에 몰래
우산을 쓰고 나와 초밥을 먹으러 나갔다. 한쪽 구석에서 여종
업원으로 보이는 두 사람이 초밥을 우물우물 먹고 있다. 둘 중
에 술에 잔뜩 취해보이는 여종업원이 나를 향해 무례한 말을
했다. 나는 화를 내지 않았다. 그저 쓴웃음을 지을 뿐이다.

5월 12일. 수요일.

맑음. 오늘 수학시간에 너구리가 응용문제를 하나 냈다. 제한시간은 20분.

"다 푼 사람?"

아무도 손을 들지 않는다. 나는 거의 다 풀었지만 3주 전의 수요일처럼 창피 당하기 싫어서 모르는 척 했다.

"뭐야? 아무도 없나?"

너구리는 비웃었다.

"스스무, 나와서 풀어봐."

왜 하필 날 지명하는 건지. 깜짝 놀랐다. 앞으로 나가 칠판에 문제풀이를 시작했다. 양변을 제곱하면 나눠지지 않으니 답은 0이다. 답 0, 이라고 적을까 하다 혹시 틀리면 또 지난번처럼 창피 당할지도 모르니 답 0일 것 같습니다, 라고 적었다.

그러자 너구리는 하하하 하고 웃었다.

"스스무는 정말 당할 수 없군."

그는 고개를 절레절레 흔들며 말했다. 내가 자리로 돌아온 후에도 내 얼굴을 가만히 바라보았다.

"교무실에서도 다들 네가 귀엽다고 난리야."

짜증이 난다. 반 전체가 한바탕 웃음이 터졌다.

정말 기분이 나빴다. 지난 수요일보다 훨씬 더 불쾌했다. 반 아이들에게 창피해서 얼굴을 들 수가 없었다. 너구리의 무신경함도 교무실의 분위기도 무례하고 저속하기 짝이 없다고 생각했다.

나는 집으로 돌아오면서 자퇴를 결심했다. 집을 나와 독립해서 영화배우가 되리라 마음먹었다. 언젠가 형이 나에게 배우의 기질이 있는 것 같다고 말한 것이 생각났다.

하지만 저녁 식사 시간. 상황은 간단히 정리되었다.

"형, 학교가 싫어. 이제 더는 못하겠어. 나 자퇴하고 싶어."

"학교는 원래 싫은 곳이지. 근데 싫다, 싫다 하면서 다니는데에 학생의 소중함이 있는 거 아닐까? 패러독스 같겠지만 학교는 원래 미움 받는 존재야. 나 역시 학교는 정말 싫었지만, 그래도 중학교 때 그만 두겠다는 생각은 하지 않았는데 말이지."

"그래?"

난 형을 당해낼 수 없다. 아아, 인생은 단조롭구나!

5월 17일. **월요일.**

맑음. 다시 축구를 시작했다. 오늘은 다른 학교와 시합을 했다. 나는 전반에 2점, 후반에 1점을 넣었다. 결국 3대 3. 시합이 끝나고 돌아오는 길에 선배와 맥주를 마셨다.

내가 저능한 인간이 된 것 같은 생각이 들기 시작했다.

5월 30일. **일요일.**

맑음. 일요일인데 마음이 어둡다. 봄도 지나갔다. 아침에 기무라에게 전화가 왔다. 요코하마에 같이 가자는 거다. 거절했다. 오후에 서점가에 가서 수험참고서를 모두 갖췄다. 여름방학 전까지 대수 연구를 다 끝내고, 여름방학에는 평면기하를 총복습해야지. 밤에는 책장을 정리했다.

암담함. 침울. 눈을 들어 산을 보아라. 너의 도움은 어디서 오나.

6월 3일. 목요일.

맑음. 오늘부터 6일 동안 4학년 수학여행이지만 나는 불참했다. 여관에서 모두 함께 뒤섞여 자고 떼 지어 다니면서 명소를 관광하는 것이 너무 싫었다.

6일간 소설을 읽으며 보낼 생각이다. 오늘부터 나츠메 소세키의 『명암』을 읽기 시작했다. 어둡다. 지독히 어두운 소설이다. 이 어둠은 도쿄에서 자란 사람만 공감할 수 있다. 알면서도 어찌할 수 없는 지옥. 우리 반 녀석들은 지금쯤 야간 기차 안에서 푹 자고 있겠지? 순진한 녀석들이다.

용감한 자는 혼자 일어설 때 가장 강하다. - 프리드리히 실러, 였던가?

6월 13일. 일요일.

흐림. 축구부 선배 오오사와와 마츠무라가 어슬렁어슬렁 나타났다. 그들에게 선배대접을 하며 알랑거리는 모습들이 역겨웠다. 축구부의 여름방학 합숙이 중지될 것 같다

고 대사건이라며 흥분하고 있다. 나는 이번 여름방학에는 합숙에 참가하지 않을 작정이었기 때문에 오히려 잘된 일이지만, 오오사와나 마츠무라에게는 그들의 즐거움 중 하나였기에 불평불만이다. 주장이 회계를 하면서 바보 같은 짓을 해서 학교에서 합숙 비용을 타지 못하게 된 것 같다. 마츠무라는 화를 내며 카지를 잘라버리라고 씩씩거리고 있다. 다들 바보다. 빨리 집으로 돌아가고 싶은 마음뿐이었다.

밤에는 오랜만에 엄마의 다리를 주물러 드렸다.

"무슨 일이든지 참고 견디며……."

"네."

"형제가 사이좋게……."

"네."

엄마는 말을 꺼냈다 하면 반드시 '참고 견디며' 와 '형제가 사이좋게' 를 얘기한다.

7월 14일. 수요일.

맑음. 7월 10일부터 시험이 시작됐다. 내일 하루면 끝난다. 그리고 일주일 후 성적 발표가 나오면 드디어 여름방학이다. 기쁘다. 역시 기뻐. 아아! 기쁨의 비명이 자연스레 나온다. 성적 따위 어찌되든 좋다. 이번 학기에는 이런저런 생각으로 방황했으니 성적이 많이 떨어졌을지도 모른다. 국영수 만큼은 괜찮을 것 같긴 한데, 발표가 나기 전까지는 확신할 수 없다.

아아, 이제 곧 여름방학이다. 그 생각만 하면 나도 모르게 싱글벙글하게 된다. 내일 시험이 남아 있는데 오늘은 왠지 꼭 일기를 쓰고 싶다. 요즘 일기 쓰기에 꽤나 게으름을 피웠다. 삶의 의욕이 없기 때문이다. 나 스스로가 의미 없이 살아서겠지. 아니, 절망했기 때문일지도 모른다. 나는 요즘 제법 간사해졌다. 스스로 생각하고 있는 것을 함부로 남에게 보이고 싶지 않아졌다. 지금 내가 어떤 이상을 갖고 있는지 남에게 알리고 싶지 않다. 그러나 단 한 마디는 할 수 있다.

'나의 장래 목표가 정해졌다!'

더 이상은 말할 수 없다. 내일도 시험이 있다. 공부! 공부!

맑음. 1월 1일부터 오늘까지 내내 놀면서 지냈다. 낮에도 밤에도 하루 온종일 놀았다. 사실 논다고 해도 모든 것을 잊어버리고 노는 것도 아닌데. '아, 싫다. 재미없네.' 라고 생각하면서도 나도 모르게 끌려서 놀게 된다. 그 놀이 뒤에 오는 쓸쓸함이란. 극도의 외로움이다. 다시 공부해야겠다고 절실하게 생각한다.

이번 한 달 동안 나에게는 어떤 진보도 없었다. 견딜 수 없이 초조하다. 정말 올해야말로 꾸준한 공부를 해보고 싶다. 작년에는 하루하루가 삐걱거려서 마치 여기저기가 고장 난 자동차를 타고 있는 것처럼 안정되지 못한 기분으로 살아왔지만, 새해에는 뭔가 즐거운 희망이 생겨날 것 같은 기분이 든다. 금방이라도 손을 뻗으면 뭔가 따뜻하고 좋은 것이 잡힐 듯한 기분이다.

열일곱 살. 약간 밉살스러운 나이지만, 드디어 진지해진 것 같기도 하다. 갑자기 평범한 인간이 된 것 같다고 할까? 이제 어른이 되어 버린 것일지도 모른다.

올해에는 3월에 입학시험이 있기 때문에 긴장해야만 한다. 역시 동경대를 지원할 생각이다. 그리고 단연 문과! 작년에 너

구리에게 3번 당한 후로 이과 쪽은 완전히 접어버렸다. 형도 찬성했다.

"우리 집안에는 과학자의 피가 흐르지 않거든."

형은 이렇게 말하며 웃었다.

하지만 내가 문과를 골랐다고 해서 과연 형만큼 문학적 재능이 있을지는 의문이다. 무엇보다 나는 동경대 영문과에 입학할 자신이 없다. 형은 괜찮아, 괜찮아라고 가볍게 말하지만, 형은 자기가 쉽게 입학했기 때문에 다른 사람들도 쉽게 들어갈 수 있다고 생각하는 것 같다. 인간에게 있는 핸디캡을 인정하지 않는 것이다. 모두 자신과 똑같은 능력을 갖고 있다고 믿어 의심치 않는다. 그러니까 나에게도 종종 도저히 불가능해 보이는 일을 아무렇지 않게 요구한다. 무의식중에 잔혹한 말을 던지는 것이다.

역시 난 아직 꼬마일지도 모른다. 아무래도 동경대는 어려울 것 같다. 아마 떨어지겠지. 떨어지면 사립인 R대학이라도 들어갈 생각이다. 중학교에 그대로 남을 생각은 없다. 또 다시 1년 동안 너구리에게 놀림을 당할 바에 그냥 죽어버리는 편이 낫다. R대학은 미션 스쿨이니 성서에 대해서 깊게 공부할 수 있을 거라 생각한다. 밝은 학교일 것 같다.

첫째 날, 둘째 날은 제스처 놀이를 했다. 처음에는 재미있었

지만, 이틀째에는 완전히 질려서 사촌인 케이의 제안으로 형과 또 다른 사촌 마메, 나까지 넷이서 『아버지 돌아오다』를 낭독했다. 역시 내가 가장 뛰어났다. 형이 낭독한 '아버지'는 너무 심각해서 별로였다.

셋째 날에는 넷이서 산으로 하이킹을 갔다. 하이킹 내내 추위에 진저리를 치는 통에 더욱 지쳤다. 돌아오는 전차 안에서 형의 어깨에 기대어 잠들어 버렸다. 케이와 마메는 어제 저녁에도 우리 집에서 잤다.

오늘은 두 사람이 돌아간 후 기무라와 사에키가 놀러왔다. 이제 시시한 중학생과는 놀지 않겠다고 결심했는데 또 놀고 말았다. 트럼프 카드놀이를 했는데 기무라의 수법이 너무 지저분해서 짜증났다.

기무라는 작년 말, 집에서 2백 엔을 갖고 가출을 했나. 요코하마와 아타미로 놀러다니며 돈을 다 쓴 후 힘없는 모습으로 우리 집으로 왔다. 나는 바로 그의 집에 전화를 했다. 그의 집에서는 경찰에 실종신고서도 냈었다고 한다. 이제 나는 기무라네 집안의 큰 은인이 되었다. 그의 가정 사정이 좋지 않은 것 같긴 하지만, 기무라는 바보다. 역시 그냥 날라리였다. 니체가 울겠다.

사에키 역시 바보다. 이제는 그도 완전히 싫어졌다. 부잣집

아들로 키는 180센티미터 가까이 되면서 몸은 비실비실하다. 몸이 약해서 학교는 중학교까지만 다닐 생각이라고 한다. 처음에는 외국문학 이야기를 하기에 기무라의 니체 얘기에 흥분한 것처럼 크게 감격해서 내 친구는 사에키뿐이라고 생각했다. 종종 그의 집으로 놀러가기도 했다. 하지만 역시 그는 너무 연약했다. 집에서 커다란 어린이 잠옷을 입고 밥을 보고 맘마라고 불렀다. 소름끼쳤다. 친해질수록 대화가 통하지 않았다. 그가 진짜 남자인지 여자인지 헷갈릴 정도였다. 힘이라고는 하나도 없는 얼굴이 얼마나 멍해 보이는지 금방 침이라도 흘릴 것 같다. 몸이 약해서 대학 진학은 포기하고 대신 집에서 조용히 나와 교제하며 문학을 공부하겠단다. 하지만 나는 지난번에도 말했지만 전혀 고맙지 않다. 나는 그에게 좀 더 생각해보는 게 좋을 거라고 말해 두었다.

기무라와 사에키의 상대를 해주다보니 하루가 저물었다. 두 사람이 돌아가자 이번에는 쪼끔만 여사가 방문했다. 정말 기운이 쪽 빠지는 방문객이다. 쪼끔만 여사는 아빠의 여동생 즉 우리의 고모다. 올해 나이가 아마 마흔 다섯? 여섯? 어쨌든 상당한 나이다. 미혼이고 꽃꽂이를 가르치고 있다. 무슨 부인회의 간사도 하고 있다고 한다. 형은 쪼끔만 여사를 우리 가족의 수치라고 했다. 나쁜 사람은 아니지만 아무래도 쪼끔 그렇다. 쪼

끔만이라는 이름은 작년에 형이 지어준 것이다. 누나의 결혼식 피로연 때 고모는 형과 나란히 앉아 있었다. 그때 옆의 신사가 고모에게 술을 권했다. 고모는 몸을 비비 꼬고 교태를 부리며 말했다.

"저기, 저는 술을 못해서요."

"그래도 한 잔 정도는."

"호호호호. 그럼 저기, 정말 쪼끔만!"

정말 추하다. 형은 너무나도 부끄러운 나머지 자리를 박차고 나와 집으로 돌아왔다고 한다. 하나를 보면 열을 안다 했다. 너무나도 아니꼽고 거슬리는 사람이다. 오늘밤에도 내 얼굴을 보며 말했다.

"어머나! 스스무, 코 밑에 거뭇거뭇한 털이 올라왔잖아! 이제 남자 다 됐네."

어리석고 용렬하다. 정말 불결하고 난폭하다. 무능하다. 한 치의 의심 없는 우리 가문의 수치다. 동석은 정말이지 반갑지 않다. 형과 살짝 눈짓을 주고받고는 함께 밖으로 나왔다. 긴자 거리에는 사람들이 많았다. 모두 우리처럼 집이 우울해서 밖에 나와 있는 걸까 생각하니 마음이 심란해졌다. 커피숍에 들어가서 형과 함께 커피를 마셨다.

"우리 집안에는 음탕한 피가 흐르는 것 같아."

형의 중얼거림을 듣고 순간 흠칫 했다. 돌아가는 버스 안에서 '성실함'에 대해 이야기 했다. 형도 요즘 타락하고 있는 것 같다. 누나가 없으니 집안일도 신경 써야 하고 소설 집필도 생각대로 진행되지 않는 것 같다.

집으로 돌아오니 밤 11시. 쪼끔만 여사는 이미 철수.

그럼 이제 내일부터 다시 고매한 정신과 풋풋한 희망을 갖고 전진이다. 드디어 열일곱 살. 나는 신에게 빌었다. 내일은 꼭 여섯 시에 일어나서 공부하겠습니다.

1월 5일. 목요일.

흐림. 강한 바람. 오늘은 아무것도 하지 않았다. 바람이 심하게 부는 날이면 종종 이런다. 아침에 일어나서 시계를 보니 이미 오후 1시. 작년보다도 더욱 나태해진 것 같은 기분이 들었다. 일어나서 빈둥거리고 있는데 지금은 시타야에 살고 있는 누나에게 전화가 왔다.

"우리 집에 놀러와."

순간 당혹스러웠지만 언제나처럼 우유부단한 성격에 응, 이

라고 답해버렸다. 나는 사실 누나네 집이 싫다. 아무래도 세속적이다. 누나도 변해버렸다. 결혼 초에는 종종 집에 놀러오더니 이제는 변했다. 그저 메마른 아줌마일 뿐이다. 부드러움이라고는 전혀 찾아볼 수 없게 되었다. 놀라웠다. 누나가 결혼을 한 지 불과 열흘도 되지 않았을 때였는데 누나의 손바닥이 매우 더러워져 있었다. 게다가 기분 나쁠 정도로 빈틈이라고는 전혀 찾을 수 없는 이기적인 모습도 보였다. 누나는 애써 숨기려고 노력했지만 나는 다 알 수 있었다. 지금은 이미 완전히 스즈오카 집안의 사람이다. 얼굴까지 스즈오카 씨와 닮아가는 것 같다.

얼굴 얘기를 하니 하는 말인데 나는 사실 토시오의 얼굴을 생각할 때마다 당혹감을 감출 수 없다. 토시오는 매형의 동생이다. 작년에 시골 중학교를 나와 지금은 누나네 가족과 함께 살면서 게이오 대학에 다니고 있다. 이런 말을 하면 안 되지만, 토시오는 내가 지금까지 살면서 본 사람 중 가장 못생긴 남자다. 정말 심하다. 나 역시 전혀 잘생긴 얼굴도 아니고 남의 외모에 대한 얘기는 정말 하고 싶지 않지만, 토시오의 얼굴은 너무나도 지독해서 보는 이가 당혹스러울 정도다.

코가 어떻고 입이 어떻고 하는 문제가 아니다. 이목구비 전체가 아무리 봐도 제각각이다. 유머러스한 부분조차 없다. 나

는 그와 얼굴을 마주할 때면 언제나 묘한 생각에 빠져든다. 만 명 중에 한 명 있을까 말까한 정도다. 이런 말을 하는 나도 과히 유쾌하지 않고 해서도 안 되는 것이지만, 그게 사실이니 어쩔 수가 없다. 나는 그런 얼굴은 태어나서 처음 봤다. 남자는 얼굴 따위 문제도 아니다. 정신만 올바르면 괜찮다. 훌륭하게 사회생활을 할 수 있다는 것은 나도 굳게 믿고 있지만, 토시오처럼 나이도 젊은데다 게이오 대학처럼 대단한 곳에서 공부하는 사람이 그런 얼굴이라면 괴로운 일이 종종 있을 거라는 생각이 들었다.

실제로 그의 얼굴을 마주하고 있노라면 보고 있는 나까지 인생을 살기 싫어질 정도다. 정말 지독하다. 토시오는 앞으로의 긴 인생에서 그런 선천적인 약점 때문에 얼마나 많은 사람들에게 험담을 듣고 따돌림을 당하게 될까. 그런 생각을 하면 나는 현대 사회의 구조에 대해 회의적이 되고 이 세상이 증오스러워진다.

세상 사람들의 냉혹함이 싫다. 생각하는 것만으로 울분이 느껴진다. 토시오가 앞으로 그에 상당한 직업으로 생계에 곤란하지 않을 정도의 생활이 가능하다면 그것은 실로 바람직하고 축복해야할 일이다. 하지만 결혼은 어떨까? 이 여자다 싶은 사람이 있어도 자신의 못생긴 얼굴 때문에 결혼할 수 없다면 얼마

나 비참할까. 큰소리로 울부짖을지도 모른다. 아아, 토시오의 일을 생각하면 우울하다. 마음 깊은 곳에서 동정은 하지만, 아무래도 싫다. 지독하다. 그 무엇으로도 형용할 수 없다. 가능한 한 보고 싶지 않다.

　나 역시 세상 사람들과 똑같이 냉혹하고 이기적인 면이 있는지도 모른다. 생각하면 할수록 당혹스러워진다. 작년 이후로 나는 누나네 집에 두 번 밖에 가지 않았다. 누나는 만나고 싶지만, 매형이 잘난 형 노릇을 하며 나를 꼬마, 꼬마라고 불러대니 견딜 수 없다. 열일곱 살이나 되어서 누가 날 '꼬마'라고 부를 때, '네'라고 대답해야 한다니. 대답을 하지 않고 화를 내볼까도 생각했지만 상대가 유도 4단이니 역시 무섭다. 자연히 내가 비굴해지는 것이다. 토시오와 얼굴을 마주하면 당혹스럽고 매형은 무섭고, 나는 누나네 집에 갈 수가 없다.

　오늘도 누나의 놀러오라는 이야기에 나도 모르게 응, 하고 대답하긴 했지만 그후 한참을 망설였다. 아무래도 가고 싶지 않았다. 결국 나는 형에게 물어보았다.

　"누나가 놀러오라고 했는데, 가고 싶지가 않아. 바람이 이렇게 강하게 부는데 왜 오라는 건지."

　"하지만 간다고 대답했잖아?"

　형이 심술궂게 나온다. 나의 우유부단함을 꿰뚫고 있다.

"간다고 했으면 가야지."

"아, 아아. 갑자기 배가 아프네."

형은 웃음을 터뜨렸다.

"그렇게 싫으면 처음부터 확실하게 거절했으면 좋았잖아. 그 집에서는 기다리고 있을 텐데. 너는 그렇게 항상 모든 사람에게 착한 아이가 되려고만 하니 안 되는 거라고."

결국 또 설교를 들었다. 나는 설교가 싫다. 그게 형의 설교라도 싫다. 나는 지금까지 설교를 듣고 마음을 고쳐먹은 적이 한 번도 없다. 설교하고 있는 사람을 대단하다고 생각한 적도 한 번도 없다. 설교 따위 자기도취일 뿐이다. 이기적인 거드름이다. 진정으로 위대한 사람은 그저 미소 띤 얼굴로 상대방의 실패를 지켜본다. 하지만 그 미소가 진실로 깊어 아무 말도 하지 않아도 보는 이의 마음속으로 들어오는 것이다. 그리고 문득 깨달았을 때 눈에서 꺼풀이 떨어지게 된다. 진심으로 마음을 고쳐먹게 되는 것이다. 아무튼 설교는 싫다. 형의 설교라도. 나는 쌜쭉해졌다.

"치, 확실하게 거절하면 되잖아!"

매섭게 쏘아붙이며 누나에게 전화를 걸었더니 하필 매형이 받았다.

"꼬마니? 새해 복 많이 받아."

"네, 매형도 복 많이 받으세요."

유도 4단이다.

"누나가 기다리고 있어. 빨리 와."

"배가 아파서요."

내가 생각해도 참 말도 안 되는 얘기다.

"토시오에게도 안부 전해 주세요."

쓸데없는 인사말까지 해버렸다.

전화를 끊고서는 형을 보기가 부끄러워 해가 질 때까지 방에 틀어박혀 있었다. 그리고 키에르케고르의 『그리스도교의 교훈』을 닥치는 대로 읽었다. 한 줄도 이해할 수 없었다. 그저 글자에 눈만 고정한 채 이것저것 잡생각만 했다.

오늘은 바보 같은 하루였다. 누나네 집은 아무리 생각해도 어려운 문제다. 그 집에 누나가 있으니. 뭐가 그렇게 행복한 듯 웃고 있는 걸까 생각하면, 뭐가 뭔지 도통 모르겠다. 저녁식사를 하면서 형에게 물었다.

"부부란 서로 어떤 이야기를 하며 살까?"

"글쎄, 아무 이야기도 하지 않겠지."

형은 대수롭지 않게 말했다.

"그렇겠지?"

형은 역시 머리가 좋다. 누나네 집의 시시함을 알고 있는 것

이다.

오늘 저녁에는 목이 아파서 빨리 잠자리에 들었다. 지금 시각이 여덟 시. 졸면서 일기를 쓰고 있다. 엄마는 요즘 상태가 좋다. 이번 겨울을 무사히 넘기면 차도가 있을지도 모른다. 어쨌든 귀찮은 병이다.

그건 그렇다 치고 5엔을 어디서 구하지? 사에키에게 갚아야 하는데. 깔끔하게 갚고 절교하는 것이다. 누군가에게 돈을 빚지고 있으면 근성이 없어져서 안 되겠다. 오래된 책을 팔아서 마련할까? 역시 형에게 부탁할까?

신명기에 이런 말이 있다.

'너의 형제에게 꾸어주거든 이자를 받지 말지니.'

형에게 부탁하는 것이 안전할 것 같다. 그러고 보면 나에게는 구두쇠 같은 구석이 있는 것 같다.

바람은 아직도 강하다.

1월 6일. 금요일.

　　　　맑음. 혹독한 추위. 매일 결심만 하고 아무것도 하지 않고 있다. 부끄럽다. 기타 실력이 점점 늘고 있지만 이건 아무 자랑거리도 되지 않는다. 아아, 회한 없는 날을 보내고 싶다. 정월은 이제 싫다. 목의 통증은 없어졌지만 이번에는 머리가 아프다. 아무것도 쓰고 싶지 않다.

1월 7일. 토요일.

　　　　흐림. 결국 일주일 동안 무위도식. 아침부터 혼자서 귤 한 박스를 먹어치웠다. 손바닥이 노래진 것 같다.

　부끄러운 줄 알아, 스스무. 요즘 너의 일기는 엉망진창이라고. 지식인다운 모습이 어디에도 없잖아. 정신 똑바로 차려. 벌써 너의 큰 꿈을 잊은 거야? 너는 이미 열일곱 살이야. 이제 곧 어엿한 지식인이야. 그런데 이게 무슨 칠칠치 못한 모습이야. 너는 초등학교 때 매주 형과 같이 교회에 가서 배운 성경 말씀을 벌써 잊은 거야? 예수의 비원도 제대로 배웠잖아. 예수와

같은 사람이 되겠다고 형과 약속한 것을 잊었어?

'오! 예루살렘. 당신 앞에 보냄을 받은 선지자들을 죽이고 돌던진 예루살렘. 암탉이 자신의 날개 밑에 병아리를 모은 것과 같이 나는 얼마나 자주 당신의 자녀들을 모았던가.' 라는 부분까지 읽고 나서 나도 모르게 큰소리로 울었던 그날 밤을 잊었단 말이야?

매일매일 그럴 듯하게 각오만 세운 지 어느새 일주일. 바보처럼 놀아버렸다.

올 3월에는 입학시험도 있다. 시험이 인생의 최종 목적은 아니지만 형의 말처럼 시험과 싸우는 데에 학생의 진실된 가치가 있는 것이다. 그리스도 역시 공부했다. 당시의 성전을 남김없이 구석구석까지 연구하셨다. 예로부터 천재들은 모두 다른 사람의 열 배 이상 공부를 한 것이다.

스스무, 너는 바보다! 일기 따위 이제 그만 둬! 바보 같은 녀석이 만만하게 생각하며 장황하게 끄적이는 일기 따위 쓰레기에 불과해. 너는 일기를 쓰기 위해 생활하는 거야? 독선적이고 장황한 일기는 그만두는 편이 낫다. 무의 생활을 아무리 반성해봤자 역시 무이다. 그걸 구구절절하게 쓰고 있는 것은 실로 우스꽝스럽다. 너의 일기는 이미 무의미하다.

'우리가 작은 과실을 참회하는 것은 다른 큰 과실 없음을 세

상 사람들에게 믿게 하기 위한 것일 뿐이니' – 라 로슈코프

　　내일모레부터 제3학기가 시작된다.

　　힘차게 나아가자!

4월 1일. 토요일.

　　　　　　약간 흐림. 강풍. 오늘은 운명적인 날이다. 평생 절대 잊을 수 없는 날이다. 동경대의 발표를 보러 갔다. 탈락이었다. 갑자기 위장이 사라진 것 같았다. 몸속이 텅 비어버린 느낌. 안타까운 게 아니라 그저 가슴이 먹먹했다. 나 스스로가 가여웠다. 하지만 한편으로 떨어진 게 당연하다는 생각도 들었다.

　　집으로 돌아가고 싶지 않았다. 머리가 무겁고, 귀가 윙윙 울리고, 목이 몹시 말랐다. 긴자 거리로 갔다. 4번가의 모퉁이에서서 강한 바람을 맞고 서 있는데 처음으로 눈물이 흘렀다. 울음소리가 밖으로 터져나올 것 같았다. 무리도 아니지. 태어나서 처음으로 낙제한 걸, 이라고 생각하니 더는 참을 수가 없었다. 어떻게 걸었는지 모르겠다. 가던 길을 멈추고 뒤돌아서 나

를 본 사람이 두 명 있었다.

지하철을 타고 아사쿠사의 가미나리문까지 갔다. 아사쿠사는 많은 인파로 붐비고 있었다. 더 이상 울지 않는다. 마치 내가 도스토예프스키의 『죄와 벌』의 주인공 라스콜라니코프가 된 것 같은 기분이 들었다. 매점에 들어갔다. 탁상 위가 먼지로 뿌옇다. 내 혀도 먼지 때문에 꺼끌꺼끌거린다. 숨이 막혀 온다. 낙제생. 보기 좋은 그림은 아니다. 두 다리가 노곤해서 빠질 것 같다. 눈앞에 환영이 둥둥 떠다닌다. 로마의 폐허가 노란 석양을 받아 매우 슬프게 보인다. 하얀 의상을 몸에 휘감은 여자가 아래쪽을 향해 돌문 안으로 사라진다.

이마에 식은땀이 흘렀다. R대학의 예과에도 지원했지만. 설마. 하지만 어떻게 되든 좋다. 들어간다고 해도 어차피 학적만 둘 뿐이다. 졸업할 마음은 없다. 나는 내일부터 독립할 것이다. 작년 여름방학 전부터 이미 나의 각오는 세워져 있었다. 이제 유한계급은 싫다. 유한계급에 딱 붙어서 기생하고 있는 나는 얼마나 불쌍한 녀석이었단 말인가. 부유한 자가 신의 나라에 들어가는 것보다 낙타가 바늘구멍을 통과하는 쪽이 오히려 쉽다고 했다. 정말 좋은 기회가 아닌가. 내일부터는 더 이상 집안의 신세를 지지 않을 것이다. 아아, 비바람이 몰아치는 거친 날씨여! 영혼이여! 이게 바로 내일부터의 나의 인생이리라. 또 다

시 눈앞에 환영이 떠다닌다.

무서울 정도로 선명한 강가다. 샘물이 솟아난다. 펑펑 솟아나와 물가의 풀 위로 흐른다. 철철 넘쳐흐르는 물소리가 들려온다. 새가 날아간다. 사라진다.

내 테이블 옆에 못생긴 아가씨가 빈 커피잔을 앞에 두고 멍하니 앉아 있다. 콤팩트를 꺼내어 코끝을 두드린다. 그 표정이 마치 백치 같다. 남자가 왔다. 포마드 기름을 얼굴까지 바른 것처럼 보이는 남자다. 여자는 생긋 웃으며 자리에서 일어섰다. 나는 얼굴을 돌리고 외면했다. 이런 여자를 그리스도는 사랑한 것인가? 집을 뛰쳐나오면 나 역시 이런 여자와 아무렇지 않게 농담을 하게 되는 걸까? 아, 괜한 것을 보았다. 목이 마르다. 우유를 한잔 더 마시자. 나의 미래의 부인은 저렇게 입이 돌출된 여인이고, 나의 미래의 친구는 저런 전신 포마드 향이 풍기는 신사가 되리라. 밖에는 점점 사람들의 행렬이 많아지고 있다. 모두 돌아가야 할 집이 있는 걸까?

"어서 와요. 오늘은 꽤 빠르네요?"

"어, 일이 잘 정리 되었거든."

"그거 참 잘됐네요. 목욕물 받아 줄까요?"

평범하고 조용한 휴식의 보금자리. 나에게는 돌아갈 곳이 없다. 낙제생 꼬마. 이 무슨 불명예란 말인가! 내가 그동안 낙제

생들을 얼마나 경멸해왔는지. 나와는 별개의 세상이라 생각했었는데 어찌 상상이나 했겠는가. 이제 내 이마에도 확실하게 낙제생의 낙인이 찍혀버렸다. 새로 들어온 새내기입니다. 잘 부탁드립니다.

당신은 혹시 4월 1일 밤, 아사쿠사의 네온의 숲을 들개처럼 어슬렁거리며 걷는 한 중학생을 보지 못했나? 보았나? 보았다면 그때 왜 한 마디 "거기, 자네."라고 말을 걸어주지 않았는가? 그랬다면 나는 당신의 얼굴을 올려다보며 "친구가 되어 주십시오!"라고 청했을 것이다. 그렇게 당신과 함께 강풍 속을 정처없이 걸어다니면서 가난한 사람을 구하자고 몇 번이고 다짐했을 것이다. 이 넓은 세상에서 생각지도 못한 동지를 얻었다는 것은 당신에게 또 나에게 있어서도 얼마나 멋있는 일인가. 하지만 그 누구도 나에게 말을 걸어주지 않았다. 나는 비칠비칠거리며 집으로 돌아왔다.

그 후의 일은 더욱 끔찍했다. 나의 앞으로의 생애에 이러한 악재가 또 다시 찾아오지 않길 신에게 빈다. 나는 그날 저녁 형을 때리고 말았다. 밤 열시 즈음, 집으로 돌아와 어두운 현관에서 신발끈을 풀고 있는데 불이 확하고 켜지면서 형이 나타났다.

"어땠어? 안 됐어?"

태평한 목소리다. 나는 침묵했다. 조용히 신발을 벗고 마루에 서서 억지로 옅은 웃음을 띠면서 말했다.

"당연하잖아."

목이 멘다.

"뭐?

형의 눈이 동그래졌다.

"정말이야?"

"너 때문이잖아!"

나는 순간 형의 얼굴을 향해 주먹을 날리고 말았다. 아아, 손이여 썩어버려라! 아무 이유 없는 분노다. 내가 이렇게 죽을 만큼 부끄러워하고 있는데, 너희들은 고귀한 척하며 슬픈 얼굴을 한 채 살고 있다. 모두 다 죽어버렸으면 좋겠다는 흉포한 발작에 사로잡혀 형을 때렸다. 형은 어린아이처럼 울상을 지었다.

"미안, 미안. 미안해."

나는 형의 목을 끌어안고 엉엉 울었다.

키지마 씨가 나를 방으로 데리고 들어와서 내 옷을 벗겨주었다.

"안 돼요. 벌써 열일곱 살인데. 아버님이라도 계셨다면."

키지마 씨가 작은 목소리로 말했다. 뭔가 오해하고 있는 것 같았다.

"싸움이 아니야. 바보! 우린 싸운 게 아니라고."

흐느껴 울면서 나는 몇 번이나 말했다. 키지마 씨 같은 사람이 알 리가 없다. 키지마 씨가 이불을 덮어 주었고 나는 잠이 들었다.

나는 지금 침상에 배를 깔고 엎드린 채 '마지막 일기'를 쓰고 있다. 이제 다 끝났다. 나는 집을 나갈 것이다. 내일부터 독립이다. 이 일기장은 나의 유품으로 이 집에 남겨두고 간다. 형이 읽으면 울지도 모른다. 좋은 형이었다. 형은 내가 여덟 살 때부터 아빠 대신 나를 사랑으로 길러주었다. 형이 정신 똑바로 차리고 있었으니 아빠도 저 세상에서 안심하고 있겠지. 엄마도 요즘 병세가 좋아져서 이제 곧 쾌차하지 않을까 생각할 정도다. 기쁜 일이다.

엄마, 내가 없어져도 슬퍼하지 마시고 제가 반드시 성공하리라 믿고 마음 편히 사세요. 저는 절대 추락하지 않을 겁니다. 반드시 세상을 이겨 보이겠습니다. 머지않아 엄마를 기쁘게 해 드릴게요. 안녕히 계세요. 책상이여, 커튼이여, 기타여. 모두 안녕. 울지 말고 나의 새 출발을 웃으며 축복해 줘.

그럼 안녕.

4월 4일. 화요일.

맑음. 나는 지금 구주쿠리 해변의 별장에서 매우 행복하게 지내고 있다. 형에게 끌려왔다. 어제 오후 1시 23분 기차로 료고쿠를 떠나 태어나서 처음 보는 여행지 풍경을 두근거리는 가슴으로 이리저리 둘러보았다. 료고쿠를 떠나 잠시 동안 양옆으로 공장들이 줄지어 늘어서 있나 싶더니 어느새 작고 아담한 집들이 바퀴벌레처럼 모여 있다. 그리고 그런 풍경이 익숙해질 즈음에는 또 다시 확 트인 녹지 위에 듬성듬성 서 있는 빨간 기와의 작은 지붕이 보였다.

나는 이 먼지 같은 시골에 살고 있는 사람들의 생활에 대해 생각했다. 아아, 민중의 생활은 애틋하고 슬픈 것이구나. 나의 고생 따위 아직도 멀었다는 생각이 들었다. 치바에서 가츠우라 행으로 갈아탄 우리는 저녁에 가타가이에 도착했다. 그런데 버스가 없다. 막차가 30분 전에 떠나버렸다고 한다. 형과 내가 사정해보았지만 운전사는 전혀 말이 통하질 않았다.

"걸어갈까?"

형이 추운 듯 목을 움츠리며 말했다.

"그래. 짐은 내가 들고 갈게."

"됐어."

형이 웃었다.

우리는 해안가로 나갔다. 물가를 따라 걸으니 의외로 가까웠다. 저녁노을이 지면서 노랗게 물든 모래가 아름다웠지만, 바람이 차갑게 볼을 공격해왔다. 구주쿠리의 별장은 최근 5년 동안 온 적이 없었다. 도쿄에서 너무 멀기도 하고 적적한 분위기 때문에 여름에도 거의 누마즈의 외가댁으로 놀러갔었다. 하지만 오랜만에 와보니 이곳의 바다는 전과 다름없이 드넓고 파랬다. 큰 파도가 끊임없이 일렁이다 부서진다.

어릴 때에는 해마다 이곳에 왔었다. 이곳의 별장은 쇼후엔이라 불리는 구주쿠리의 명물이었다. 많은 피서객이 별장 정원을 보러왔고, 그 때마다 아빠는 모든 이들을 정중하게 대접했다. 아빠는 사람들을 즐겁게 하는 걸 정말 좋아했던 것 같다.

지금은 가와고에 이치타로라는 나이 든 경찰 할아버지와 그의 아내 킨 할머니가 함께 별장에 살면서 빈집을 지키고 있다. 우리 집안사람들도 거의 오지 않고 쪼끔만 여사가 가끔 제자들이나 친구들을 데리고 와서 이용하고 있는 이곳은 거의 폐가나 다름없었다. 정원도 황폐해졌고 쇼후엔의 시대는 이제 끝났다. 구주쿠리의 피서객들 역시 이곳을 잊어버린 걸까? 정원으로 찾아오는 술 취한 정신병자 한 명 찾아볼 수 없었다.

이런 저런 생각을 하며 형을 따라 사박사박 모래를 밟으며

걸었다. 검은 그림자 두 개가 모래 위로 길게 떨어지고 있다. 두 사람. 세리카와 집안에는 형과 나 두 사람 밖에 없다. 사이 좋게 서로 도와가며 살자고 마음속 깊이 생각했다.

별장에 도착했을 때에 주위는 이미 깜깜해져 있었다. 전보를 쳐 두었기 때문에 킨 할머니가 모든 준비를 미리 해놓고 있었다. 우리는 바로 뜨거운 물에 목욕을 하고, 맛있는 생선과 함께 저녁을 먹었다. 식사 후 거실 바닥에 누우니 가슴속 깊은 곳에서 절로 커다란 한숨이 흘러나왔다.

첫째 날과 둘째 날의 그 지옥 같은 광란이 지금은 모두 꿈 같이 느껴졌다. 둘째 날 아침, 나는 새벽같이 일어나 트렁크에 소지품을 담고 몰래 집을 빠져나왔다. 돈은 첫째 날 아침에 받은 용돈 20엔이 아직 절반 이상 남아 있었다. 그래도 마음이 불안해서 형에게 빌린 스톱워치와 내 손목시계 두 개를 잊지 않고 갖고 나왔다. 두 개를 합치면 100엔 정도에 팔릴지도 모른다.

밖은 매우 추웠다. 요츠야미츠케까지 왔더니 희끔히 날이 밝아오기 시작했다. 지하철을 탔다. 요코하마. 왜 요코하마까지 가는 표를 샀는지 나도 잘 설명할 수 없다. 어쨌든 그곳에 가면 왠지 좋은 일이 기다리고 있을 것 같은 기분이 들었다. 하지만 아무 것도 없었다. 나는 요코하마 공원의 벤치에 점심때까지 앉아 있었다. 항구의 증기선을 바라보았다. 갈매기가 날아왔

다. 공원 매점에서 빵을 사 먹었다. 그리고 나서 다시 트렁크를 들고 역으로 가서 영화 촬영소가 있는 오오후나까지 가는 표를 샀다.

더 이상 먹고 살게 없어지면 영화배우가 되는 거다. 나는 작년에 너구리에게 모욕을 당하고 학교를 그만두려고 했었다. 그때에도 '그래, 영화배우가 되어 독립하자!' 라고 결심했었다. 무슨 이유에서인지 나는 배우만 되면 멋지게 성공할 수 있다는 이상한 자신감이 있었다. 얼굴에 대한 자부심이 아니다. 괴롭다. 또 한편으로 참담한 취업이라는 생각도 들었다. 하지만 이 직업 외에 다른 일은 생각할 수 없었다. 우유배달 같은 건 자신이 없었다.

오오후나에서 내렸다. 무슨 일이 있어도 꼭, 누구든 감독 한사람을 만나리라. 이 일은 동경대에서 탈락을 확인한 순간 결심했었다. 마지막은 이것밖에 없다고 생각했다. 이것 외에 머릿속에 아무 생각이 없을 정도로 강한 의욕을 보이며 촬영소 정문까지 왔지만, 이 해프닝은 결국 쓴 웃음으로 끝나버렸다. 촬영소의 문은 굳게 닫혀 있었다. 그날은 일요일이었던 것이다. 어쩜 이리 멍청할 수 있는지. 어쩌면 이 모든 것이 신의 은혜였을지도 모른다. 일요일이었기에 나의 운명은 또 다시 180도 바뀌어버렸다.

나는 트렁크를 끌고 다시 도쿄로 돌아왔다. 도쿄의 석양은 아름다웠다. 나는 유라쿠초의 플랫폼 벤치에 앉아서 꺼져가는 빌딩의 불빛이 눈물 때문에 보이지 않을 때까지 멍하니 바라보았다. 그때 어떤 신사가 내 어깨를 가볍게 두드렸다. 울지 않았어야 했는데. 나는 파출소까지 끌려갔다. 그래도 정중한 대접을 받았다. 아마 아빠의 이름이 효과가 있었던 것 같다. 잠시 후 형과 키지마 씨가 데리러 왔다. 셋이서 자동차를 탔다. 잠깐 시간이 흐른 후 느닷없이 키지마 씨가 말문을 열었다.

"그런데 일본 경찰은 정말 세계 최고가 아닐까요?"

형은 아무런 대꾸도 하지 않았다.

집 앞에 도착하여 차에서 내리면서 형은 딱히 누구를 향하는 건지 알 수 없게 빠른 어조로 말했다.

"어머니께는 아무 말도 하지 않았어."

그날 밤 나는 지쳐서 죽은 듯이 잤다. 그리고 다음 날 형은 나를 데리고 구주쿠리에 왔다. 이 모든 것이 어제의 일이었다. 우리는 바닷가를 걸어서 해가 진 후에야 별장에 도착한 것이다. 밤에는 오랜만에 형과 나란히 잤다.

"동경대 같은 데에 시험 보게 해서 미안해. 형이 잘못했어."

내가 뭐라고 대답해야 하는 걸까. 가볍게 아니 내가 잘못했어, 라며 그 자리를 아무렇지 않게 정리할 수 있는 능력이 나에

게는 없다. 그렇게 뻔뻔하고 천연덕스러운 일을 나는 할 수 없다. 나는 그저 괴로운 마음으로 미안해, 라고 가슴속 깊은 곳에서 신과 형에게 사죄할 뿐이다. 나는 이불 속에서 몸을 움찔거렸다. 몸을 둘 자리를 찾고 있었다.

"네 일기를 봤어. 그걸 보니 나도 함께 집을 나오고 싶더라."

형은 낮게 웃으며 말했다.

"하지만 그럼 진짜 웃기는 일이 되겠지. 왜 아니겠어. 그야말로 난센스잖아. 갑자기 나까지 집을 박차고 나온다. 그럼 키지마 씨도 놀라겠지? 그리고는 키지마 씨도 그 일기를 읽고 역시 가출. 그리고는 어머니와 우메야도 모두 집을 나와서 모두가 새롭게 한 집을 빌린다. 어때?"

결국 나도 웃어버렸다. 형은 자신이 나에게 서글픈 마음을 갖게 했다고 생각해서 이런 농담을 하는 거 같았다. 언제나 그랬다. 형은 나보다 마음이 훨씬 약한 사람이었다.

"R대학의 발표는 언제야?"

"6일."

"R대학 쪽은 붙을 거 같은데. 어때? 붙으면 계속 다닐 생각이야?"

"하는 것도 나쁘지 않겠지만……."

"확실하게 말해봐. 끝까지 할 생각은 없는 거지?"

"없어."

우리는 같이 웃었다.

"우리 다 터놓고 얘기해 보자. 사실은 형도 지난달에 대학을 그만 뒀어. 언제까지 쓸데없이 수업료만 내는 것도 의미 없는 거 같아서. 앞으로 10년 계획으로 열심히 좋은 소설을 써볼 생각이야. 지금까지 써 온 것은 모두 실패야. 그저 혼자 신나서 끄적인 거였어. 생활이 단정치 못했던 거지. 혼자서 잘난 척하며 밤샘 작업이나 하고 말이야. 난 이제 처음부터 다시 시작해볼 생각이야. 어때? 너도 올해부터 같이 공부해보지 않을래?"

"공부? 다시 한 번 동경대에 지원하라고?"

"무슨 소리야. 이제 그런 무리한 얘기는 하지 않을 거야. 수험 공부만이 공부가 아니야. 너의 일기에도 있었잖아. 장래의 목표가 정해졌다고 쓰여 있던데, 거짓말이야?"

"거짓말은 아니지만 사실은 나도 잘 모르겠어. 확실히 정해진 것 같은 기분은 드는데 구체적으로 뭔지 모르겠어."

"영화배우."

"설마."

나는 절망했다.

"그거야. 너는 영화배우가 되고 싶은 거야. 나쁠 건 없지. 우리나라 최고의 영화배우라면 훌륭하잖아? 어머니도 기뻐하실

거야."

"형, 화난 거야?"

"화 같은 거 안 났어. 하지만 걱정은 돼. 스스무, 너는 열일곱 살이라고. 뭐가 되든지 간에 아직 더 공부해야 해. 그건 알고 있지?"

"나는 형이랑 달라서 머리가 나쁘니까. 그것 말고는 아무 것도 할 수 없을 것 같아. 그래서 배우를 생각한 건데……."

"내가 나빴어. 무책임하게 너를 예술 분야에 휘말리게 하는 게 아니었는데. 너무 부주의해서 벌 받았나봐."

"형!"

나는 조금 화가 났다.

"예술이란 게 그렇게 나쁜 거야?"

"성공하지 못하면 비참해지니까. 하지만 네가 지금부터 그 방면의 공부를 열심히 해 나갈 생각이라면 형도 반대는 하지 않을게. 아니, 같이 도와서 공부하려고 생각하고 있어. 지금부터 10년 수업이야. 해볼래?"

"해볼게."

"그래?"

형은 한숨을 쉬었다.

"그렇다면 우선 R대학이라도 들어가. 졸업하지 않는 건 그

렇다 치고 대학생활도 조금은 맛을 봐두는 편이 좋아. 약속할 거지? 그리고 지금 바로 영화 쪽으로 가려고 하지 말고 5, 6년 아니 7년이라도 어딘가 일류 극단에 가서 기본적인 기술을 제대로 배우는 거야. 어느 극단에 들어갈지는 나중에 다시 생각해보자. 거기까지야. 불만 없지? 형은 이제 졸리네. 자자. 앞으로 10년 정도 근근이 생활할 정도의 돈은 있으니 걱정하지 마."

나는 나의 장래의 모든 행복의 절반, 아니 5분의 4를 형에게 주리라 생각했다. 그렇게 하지 않으면 나의 행복이 너무나도 클 것 같다.

오늘 아침에는 7시에 일어났다. 이런 상쾌한 아침이 몇 년 만이던가. 형과 둘이서 모래사장을 맨발로 뛰어다니며 달리기를 하고 씨름도 하고, 높이뛰기, 삼단뛰기도 했다. 오후에는 골프 비슷한 놀이를 시작했다. 잉크병을 동그랗게 둘둘 말아 공을 만들었다. 그것을 야구 방망이로 마치 골프 치듯 쳐서 밭 건너편의 약 1백 미터 정도 떨어진 소나무 밑의 구멍에 넣는 것이다. 중간 중간에 있는 밭을 넘기는 게 꽤 어려웠지만 재미있었다. 우리는 큰소리로 웃었다. 퍽! 하고 잉크병을 멀리 날리는 기분이 상쾌했다.

킨 할머니가 떡과 굴을 가져다주었다. 우리는 할머니께 감사 인사를 한 후 우걱우걱 먹으면서 골프 놀이를 계속했다. 나는

단 6번 만에 구멍에 넣었다. 오늘의 최고 기록이었다. 바닷가의 아이들 네 명이 어느새 우리를 따라 걷고 있었다.

"나는 어떻게 하는지 알았어."

"나도 알아. 저기 저 구멍에 넣으면 되는 거잖아."

그들은 자기들끼리 소곤소곤 이야기했다. 같이 하고 싶은 것 같았다.

"한 번 해볼래?"

형이 방망이를 건넸더니 그들은 역시 기뻐했다.

"난 다 알아."

방망이를 마구 휘두르는 모습이 매우 귀여웠다. 이 아이들은 매일 무엇을 하며 놀고 있을까 생각하니 눈시울이 뜨거워졌다. 아아, 세상 사람들이 모두 똑같이 행복해졌으면 좋겠다. 아이들은 그야말로 '게걸스럽게' 놀았다.

우리는 지쳐서 모래사장에 누웠다. 석양. 구름 사이로 보이는 붉은빛이 마치 타오르는 진홍빛 리본 같았다. 고개를 들어보니 별장을 둘러싸고 있는 소나무 숲이 빨간 빛을 받아 새빨갛게 반짝반짝 빛나고 있었다. 보랏빛으로 희미하게 출렁이는 바다 너머로 거울의 테두리처럼 어렴풋한 수평선이 펼쳐져 있고, 갈매기가 낮게 수면 위에 닿을락말락 날고 있다. 파도는 끊임없이 일렁이며 부서졌다.

아아, 인생에는 이런 시간도 있구나. 오늘은 세상 모든 사람들에게 이 멋진 행복함을 충분히 맛보게 하고 싶다. 인간은 행복할 때에는 가끔 바보가 되어도 좋다. 신도 용서해주실 것이다. 오늘 하루는 우리 두 사람의 안식일이다. 형은 조개껍질에 연필로 시를 썼다.

"뭐야?"

"짧은 기도를 썼어."

형은 웃으며 조개를 바다로 던졌다.

집으로 돌아와 목욕을 하고 저녁을 먹자 금세 졸음이 몰려왔다. 형은 먼저 이불 속으로 들어가더니 크게 코를 골며 잠들어 버렸다. 이렇게 잘 자는 형을 본 적이 없다. 나는 한잠 잔 후에 다시 일어나 이 일기를 쓰고 있다. 이번 3일 동안의 일을 하나도 빼놓지 않고 쓸 생각이다. 평생 이 3일을 잊지 말자!

정의와 미소

4월 5일. 수요일.

　　　　　강한 바람. 어제의 강한 바람은 도시 사람들은 상상도 할 수 없을 정도로 지독했다. 허리케인이라고도 해도 될 만한 대단한 서풍이 땅을 울리며 불어왔다. 게다가 정원의 서쪽 소나무가 세 그루나 잘려 있어 더 심하게 느껴졌다. 마치 이 집을 열심히 두드려 부수기라도 할 듯한 기세가 보는 이의 속까지 뻥 뚫어버릴 정도로 지독한 바람이었다. 집밖으로 한 발짝도 나갈 수 없었다. 바람은 오후가 되어서야 북동풍으로 바뀌었다.

　오전에는 킨 할머니네 강아지와 놀았다. 바로 전날 막 태어난 다섯 마리의 강아지가 무척 귀여웠다. 강아지들 역시 바람이 무서운지 부들부들 떨고 있었다. 뺨을 대고 비볐더니 우유 냄새가 확 풍겨왔다. 어떤 향수보다도 고귀한 향기다. 다섯 마리 모두 품에 넣었다가 간지러워서 나도 모르게 "으악!"하고 비명을 질렀다.

　형은 오후부터 책상 앞에 앉아 원고지에 무언가를 열심히 쓰고 있다. 나는 옆에 누워서 『해뜨기 전에』를 조금 읽었다. 어려운 책이다.

　바람은 밤이 되자 조금씩 잦아들었다. 하지만 아직도 맹렬하

게 덧문을 흔들고 있다. 오늘은 무척이나 좋은 달밤이다. 바람이여, 아무리 거칠게 불어도 좋으나 저 달과 별만은 날려 버리지 마라. 형은 밤에도 계속 집필을 했다. 나는 이불 속에 들어가 『해뜨기 전에』를 읽었다.

내일은 R대학의 발표다. 키지마 씨가 전보로 결과를 알려줄 것이다. 조금 신경이 쓰인다.

4월 6일. 목요일.

맑았다가 흐렸다가. 아침에 비 조금. 바닷가에 내리는 비는 마치 무성 영화 같다. 아무 소리도 없이 촉촉하게 모래에 젖어 들어간다. 바람은 완전히 잦아들었다. 일어나서 한동안 비가 오는 정원을 내다보다가 "에이, 다시 자야겠다."라고 혼자 중얼거리고는 다시 이불 속으로 웅크리고 들어갔다. 형은 푸시킨 같은 얼굴을 하고는 새근새근 자고 있다. 형은 자신의 얼굴이 까만 것을 한탄하지만 나는 형처럼 거무스름하고 그늘이 많은 얼굴이 좋다. 내 얼굴은 밋밋하게 하얀 게 볼만 빨개서 조금도 그늘을 찾을 수 없다. 볼에 거머리를 붙이면 붉은

기가 없어질 것도 같지만 차마 결행할 용기는 없다. 코 역시 형은 매끄럽고 콧대가 뚜렷한 게 개성이 있는데, 내 코는 그저 봉긋하고 클 뿐이다. 언젠가 내 친구의 용모에 신나게 얘기하는데 형이 옆에서 한 마디 던졌다.

"너는 잘생겼잖아."

순식간에 자리를 썰렁하게 만든 형이 그때는 원망스러웠다. 나는 절대 내가 미남이고 다른 사람들은 모두 못생겼다고 생각하지 않는다. 말도 안 되는 얘기다. 내가 절세의 미남이라면 남의 용모에는 오히려 무관심했을 것이다. 그리고 사람의 용모에 대해서도 매우 관대했을 것이다. 그러나 나처럼 자신의 얼굴이 매우 마음에 들지 않는 사람은 남의 용모까지 신경이 쓰이는 것이다. 얼마나 우울할까, 라고 공감하게 되니 무심할 수가 없는 것이다.

내 얼굴 따위 형의 얼굴에 비하면 100분의 1만큼도 아름답지 않다. 내 얼굴에는 감성적인 면이 하나도 없다. 그저 토마토 같다. 형은 자신의 얼굴색이 까맣다고 한탄하고 있지만 나중에 문필로 유명해지면 소설계의 굉장한 미남이라는 이야기를 들을 것이다. 그 때는 분명 형도 쑥스러워하겠지. 푸시킨이랑 조금 닮았다. 그에 비해 내 얼굴은 국사책을 펼쳐보면 흔하게 나올 법한 얼굴이다.

꾸벅꾸벅 졸다가 여러 가지 꿈을 꾼다. 아마 우에노 역 근처의 구내 같은데, 나는 기차로 둘러싸인 광장 한가운데에 놓여 있는 나무 욕조 안에 들어가 있다. 주위를 두리번거리고 있는데 갑자기 머리 위에서 베토벤 교향곡 제7번이 낙뢰처럼 울린다. 깜짝 놀라 벌떡 일어난 나는 벌거벗은 몸으로 양손을 들어 지휘를 시작했다. 격하게 때로는 유연하고 크게, 또 때로는 전신을 부드럽게 비틀어가며 지휘한다. 교향악이 갑자기 사라졌다. 기차의 승객들이 차창 밖으로 냉정하게 바라보고 있다. 나는 갑자기 부끄러워졌다. 전라 상태로 욕조 안에 서서 지휘를 하고 있는 것이다. 뭐라 말할 수 없을 정도로 부끄러운 모습이었다.

나는 일부러 잠에서 깨려고 노력하다가 눈을 떴다. 짧은 꿈이었지만 그래도 듣고 싶었던 베토벤 교향곡 제7번을 오랜만에 들을 수 있어서 좋았다. 또 다시 잠으로 빠져든다. 이번에는 시험이다. 정면에 무대가 설치되어 있는 묘하게 멋있는 시험장이라고 생각했더니, 제국대학의 입학시험이라고 한다. 하지만 시험관으로 나온 사람이 너구리인 것을 보고 수상하다는 생각이 들었다. 수험생도 모두 낯이 익은 4학년생이다. 영어 시험이라고 하는데 문제지에는 호랑이 그림이 그려져 있다. 아무리 노력해도 풀 수가 없다. 너구리는 옆으로 와서 나에게 가르쳐

줄까, 라고 말한다. 나는 싫어, 저쪽으로 가, 라고 말한다. 아니 가르쳐 줄래, 라고 말하고는 너구리가 킥킥대며 웃는다. 싫어서, 너무 싫어서 참을 수 없다. 비극을 쓰면 되겠지, 라고 내가 말하자 너구리는 아니 날개옷이야, 라고 말한다. 무슨 소리를 하는 거야, 라고 생각하는 사이에 벨이 울린다. 나는 너구리에게 백지를 건네고 복도로 나왔다. 복도에서는 학생들이 시끌벅적 떠들고 있다.

"내일 시험은 뭐야?"

"소풍 시험이야. 힘들 거 같아."

"과자에 신경을 써야 된다던데?"

"난 씨름부가 아니야."

이건 기무라 같다.

"25엔짜리 신발이래."

"술 한잔 하고 다 같이 단풍 보러 가자."

이것도 기무라 같다.

"술이면 충분해."

"스스무, 합격했어."

이건 현실에서 들려온 형의 목소리였다. 머리맡에 서서 웃고 있다.

"보기 좋게 합격이라고 키지마 씨에게서 전보가 왔어."

나는 순간 왠지 매우 부끄러웠다. 형에게 전보를 받아 보니 '보기 좋게 합격! 만세!' 라고 쓰여 있다. 더욱 더 부끄러웠다. 별거 아닌 소소한 성공을 크게 소란을 피우는 게 괜히 부끄러웠다. 모두가 나를 비웃고 있는 게 아닌가 싶은 기분도 들었다.

"키지마 씨도 요란 떨기는. 만세! 라니. 누굴 바보 취급하나."

나는 이불을 머리끝까지 뒤집어썼다. 내가 뭘 하든 모양새가 나아질 수는 없었다.

"키지마 씨도 진심으로 기뻤을 거야."

형은 나무라는 듯한 말투로 말했다.

"키지마 씨에게는 R대학 역시 생각도 못할 정도로 훌륭한 대학일 거야. 그리고 사실 무슨 대학이든 그 내용은 똑같은 거야."

알아, 형. 이불에서 고개를 삐죽 내밀고는 나도 모르게 빙긋 웃어버렸다. 웃는 얼굴은 이미 중학생의 웃는 얼굴이 아니었다. 이불을 뒤집어 쓴 중학생이 이불에서 살짝 얼굴을 내밀었더니 어엿한 대학생으로 변했다는, 이거야 말로 말도 안 되는 거짓말. 아아, 내가 좀 많이 들떴었나보다. 부끄럽네. R대학 따위가 뭐라고.

오늘은 왠지 어디를 걸어도 다리가 땅에 붙어 있지 않은 것 같았다. 푹신푹신한 구름 위를 걷고 있는 느낌이었다.

"나도 오늘은 그런 기분이 드네."

형이 말했다. 밤에는 가타카이의 마을에 갔다가 깜짝 놀랐다. 완전히 달라져 있었기 때문이다. 옛날의 가타카이가 아니었다. 설마 내가 오늘 아침의 꿈을 계속 꾸고 있는 것은 아니겠지? 마을은 바라보기 안쓰러울 정도로 초라하게 황폐해져 있었다. 사방천지가 깜깜했다. 그리고 조용한 침묵. 사람의 기색이 없다. 5년 정도 전 여름에는 피서객으로 몹시 붐볐던 가타카이의 중심가가 지금은 전등 하나 켜져 있지 않다. 깜깜했다. 개가 짖는 소리마저 이상할 정도로 무시무시하게 들렸다. 계절의 탓뿐만 아니라 확실히 가타카이의 마을 자체가 쇠퇴한 것이다.

"여우에게 홀린 거 같아."

"아니, 정말 지금 홀려 있는 걸지도 몰라. 아무래도 이상해."

형이 진지한 어조로 대답했다.

예전에 자주 가던 당구장에 들어가 보았다. 어두운 전구가 하나 켜져 있을 뿐 텅 비어 있었다. 안쪽의 방에 처음 보는 할머니가 혼자 자고 있다.

"공 칠 거야?"

할머니가 쉰 목소리로 물었다.

"칠 거면 여기 벽장 안에 공이 있을 게야."

나는 순간 밖으로 도망칠까 생각했다. 하지만 형이 태연스레

안쪽 방으로 들어가서 침상 너머의 벽장을 열고 공을 들고 나와 놀랐다. 형도 확실히 오늘은 어딘가 이상하다. 처음에는 한 게임만 하자고 시작했지만, 거무스름해진 모직 위를 떼굴떼굴 구르는 공이 왠지 살아 움직이는 것처럼 보여서 기분이 나빴다. 결국 우리는 승부를 내지 않은 채 그만두자며 밖으로 나왔다. 우리는 국수집으로 들어갔다.

"어떻게 된 거지, 오늘은 뭔가 머리와 몸이 전혀 따로 노는 것 같아. 내 머리가 이상해진 건가?"

"아무래도 네가 대학에 합격했다는 소식을 들었을 때부터 오늘은 이상한 날이라는 기분이 들었어."

형은 히죽히죽 웃으며 말했다.

"아악! 안 돼!"

나는 왠지 핵심을 찔린 기분이 들었다.

오늘의 이 괴기스러움의 원인은 가타카이의 마을보다는 역시 내가 조금 상기된 것에 있었을지도 모른다. 만약 그렇다 해도 형까지 나와 똑같이 다리가 둥둥 떠다니는 느낌이라고 하는 건 이상하다. 형도 나처럼 기뻐서 멍해져버린 걸까? 바보 같은 형이군. 그 정도의 일로 이렇게 흥분하다니.

머지않아 좀 더 기쁘게 해줘야지. 오늘은 하루 종일 꿈을 꾸고 있는 기분이었다. 이게 만약 꿈이라면 깨지 않기를! 파도소

리가 들려와 좀처럼 잠이 오지 않는다. 하지만 이제 미래를 향한 길이 한 줄 제대로 그려진 느낌이다. 신에게 감사를.

4월 7일. 금요일.

　　　　　　　맑음. 동쪽에서 약한 바람이 살랑살랑 불고 있다. 이제 집으로 돌아가고 싶어졌다. 구주쿠리도 조금씩 질리기 시작했다. 아침을 먹고 둘이서 모래사장으로 나가 골프를 시작했지만, 처음만큼 재미있지 않았다. 흥이 나질 않는다. 한참 골프를 치고 있는데 별장 옆에 살고 있는 이쿠다 시게오라는 열여덟 살이 된 중학생이 찾아왔다.

"안녕."

이쪽에서 대답의 인사를 하는데 그는 다짜고짜 노트 한 권을 내 코앞으로 내밀었다.

"이 대수 문제 좀 풀어봐."

꽤나 무례하다는 생각이 들었다. 그와는 어렸을 때 자주 같이 놀았지만, 그렇다고 해도 오랜만에 만나서 인사도 제대로 나누기 전에 '이 문제 좀 풀어봐'는 무척이나 예의 없는 행동이

라는 생각이 들었다. 뭔가 나에게 적의라도 갖고 있는 것은 아닐까 하는 의심마저 들었다. 그는 이제 알아보지도 못할 정도로 검게 그을린 완연한 바닷가의 청년이었다.

"내가 풀 수 있을 것 같지가 않은데."

나는 노트의 문제를 제대로 보지도 않고 말했다.

"너 이번에 대학에 들어갔다며?"

그는 나를 다그쳤다. 마치 싸움이라도 거는 말투다. 기분이 매우 나빴다.

"그 얘기는 어디에서 들었지?"

형은 온화하게 물었다.

"어제 전보가 왔다면서요."

그는 당당하게 대답했다.

"킨 할머니에게 들었습니다."

"아, 그렇군."

형은 끄덕이며 말했다.

"어렵게 들어갔어. 스스무는 제대로 수험 공부도 하지 않던 것 같으니 네가 풀 수 없는 어려운 문제는 얘도 역시 풀 수 없겠지."

형의 자상한 대답에 그는 만면에 희색을 띠었다.

"그래요? 난 또 4학년 때 대학에 들어갈 정도의 수재라면 이

런 문제 정도는 쉽게 풀 거라고 생각해 부탁하러 왔는데, 정말 실례했습니다. 이 인수분해 문제는 꽤 어렵거든요. 내년에는 저도 지원해 볼까 생각하고 있어요. 나는 수재가 아니라서. 하하하."

그는 공허한 웃음을 짓고는 돌아갔다. 바보 같은 녀석! 환경이 그를 이렇게 비뚤어지게 만들었을지도 모르지만, 그래도 이런 바보 때문에 세상이 얼마나 무의미하게 어두워지는 걸까. 무슨 이유로 일일이 나에게 맞서서 트집을 잡으려는 건지 모르겠다. R대학에 들어갔다고 해도 나는 조금도 자랑할 생각도 없고 다른 이들을 경멸할 생각도 없다. 형도 그의 의기양양한 뒷모습을 보며 한숨을 지었다.

"가끔 저런 사람도 있다니까."

우리는 완전히 김이 빠졌다. 왠지 이런 곳에서 한가롭게 놀고 있는 게 나쁜 짓 같았다. 그럼 대체 우리는 어찌해야 좋을까? 우리는 전혀 자만하지 않는다. 항상 굉장히 조심하고 있는데. 아, 이제 그만 집으로 돌아가고 싶다. 시골은 너무 어렵다. 골프를 계속할 기력도 없어 우리는 슬픈 농담을 주고받으면서 집으로 돌아왔다.

그리고 점심에 나는 또 한 번 실수를 했다. 이번에는 꽤 큰 실수였다. 게다가 이번 일은 전적으로 내 잘못이었기에 더욱

슬펐다.

점심을 먹고 난 후에 정원에서 형의 사진을 찍어 주고 있었다. 이때 울타리 밖에서 이시즈카 할아버지의 손자 둘이, 소곤소곤거리는 소리가 들렸다.

"나도 세 살 때 사진 찍어본 적 있다."

남자아이가 자랑스러운 듯 말했다.

"세 살 때?"

여동생의 목소리다.

"어. 모자를 쓰고 찍었어. 근데 나는 기억이 안 나."

형과 나는 웃음을 터뜨렸다.

"이리 와봐."

형이 큰 소리로 말했다.

"사진 찍어 줄게."

울타리 밖이 조용해졌다. 이시즈카 할아버지는 옛날에 이 별장을 관리해준 사람으로 지금도 이 근방에 살고 있다. 남자애가 열 살 정도, 여동생이 일곱 살 정도였다. 잠시 후 얼굴이 빨개진 두 아이가 쭈뼛쭈뼛 정원으로 들어왔다. 그들은 금방이라도 터질듯이 달아오른 얼굴로 그 자리에 얼어붙은 듯 서 있었다. 그들의 머뭇거리는 모습이 굉장히 귀여우면서도 고귀해 보였다.

"이쪽으로 와."

형이 손짓을 했다. 그리고는 아, 내가 정말 실례되는 말을 해 버리고 말았다.

"맛있는 과자 줄게."

여자아이가 휙 하고 고개를 들더니 그대로 등을 돌려 쿵쿵 거리며 뛰어갔다. 남자아이는 여자아이만큼 예민하지는 않은 지 살짝 망설이는 듯 했지만, 금방 여자아이 뒤를 쫓아 뛰어 가 버렸다.

"갑자기 과자를 주겠다는 말을 하면 아이도 모욕을 느끼는 거야. 그런 거나 받으러 온 게 아니라는 자존심이 있으니까."

형은 안타까운 얼굴로 말했다.

"바보. 이러니까 시게오 군에게도 반감을 사는 거라고."

나는 어떤 변명도 할 수 없었다. 역시 내 마음 한 구석에는 잘난 척 하려는 마음이 남아 있던 것일까? 시시한 경박함이다.

아무래도 시골은 안 되겠다. 계속 실수만 한다. 기분이 무거 워졌다. 몇 번이나 이시즈카 할아버지 집으로 가서 남매들에게 사과를 하고 오려 했지만 갈 수 없었다. 괜히 일을 더 크게 벌 이는 것만 같아 부끄러워서 차마 발길이 떨어지지 않았다.

내일은 집으로 돌아가야겠다고 생각했다. 형에게 말했더니 형도 슬슬 돌아가고 싶었다며 찬성했다.

저녁에 목욕을 하면서 거울을 보니 코끝만 빨갛게 탄 게 마

치 만화에 나오는 사람 같았다. 쌍꺼풀이 이중, 삼중이 되다가 외꺼풀이 되는 등 눈을 깜빡거릴 때마다 변한다. 눈이 움푹 패인 건지도 모르겠다. 운동을 너무 많이 해서 살은 오히려 빠졌다. 크게 손해를 본 것 같은 기분이 들었다. 빨리 집으로 돌아가고 싶다. 나는 역시 도시의 아이다.

4월 8일. 토요일.

　　　　　구주쿠리는 맑고 도쿄는 비. 집에 도착한 것은 오후 7시 반쯤이었다. 누나가 와 있었다. 이상한 느낌이 들었다.

"아까, 잠깐 놀러왔어."

누나는 새침하게 얘기했지만 나중에 키지마 씨는 무심코 그저께 밤부터 와 있었다는 사실을 나에게 흘렸다. 누나는 왜 그런 필요 없는 거짓말을 했을까? 뭔가 있을지도 모른다. 어쨌든 피곤해서 우리는 목욕을 하고 금방 잤다.

4월 9일. 일요일.

흐린 하늘. 오후 한 시에 일어났다. 역시 집은 푹 잘 수 있어 좋다. 이불 탓인가? 형은 나보다 훨씬 빨리 일어났다. 그리고는 누나와 뭔가 말다툼을 한 것 같다. 누나도 형도 서로 뚱하다. 무슨 일이 있었음에 틀림없다. 언젠가 진상을 알게 되겠지. 누나는 나한테 말도 제대로 걸지 않고 저녁에 집으로 돌아갔다.

저녁에 형은 나를 데리고 간다에 가서 대학생용 모자와 구두를 사주었다. 나는 그 자리에서 모자를 쓰고 왔다.

"누나한테 무슨 일 있어?"

돌아오는 버스 안에서 묻자 형은 쳇, 하고 혀를 차더니 대답했다.

"말도 안 되는 소리를 하고 있어. 그건 진짜, 바보짓이야."

그리고는 입을 꾹 다물었다. 벌레라도 씹은 듯한 얼굴이 화가 많이 난 것 같았다.

분명 무슨 일이 있었다. 하지만 나는 아무 것도 모르니 뭐라 말을 할 수가 없다. 당분간 지켜보도록 하자.

내일은 양복점에서 치수를 재러 올 것이다. 형은 레인코트도 사준다고 했다. 점점 더 대학생다워지는 것이다. 물 흐르듯 자

연스럽게. 오늘밤에는 R대학에 합격해서 정말 다행이라는 생각이 절실히 들었다. 조금 더 시간이 지나면 연극 공부도 본격적으로 시작할 생각이다. 형은 우선 훌륭한 연극 선생님을 소개해주겠다고 했다. 사이토 씨를 말하는 것일지도 모른다. 사이토 이치조우 씨의 작품은 우리나라에서는 이미 고전처럼 되었으니 나 같은 사람이 비평할 자격도 없지만, 내용이 지나치게 상식적이어서 뭔가 부족하다. 하지만 스케일은 크니 선생님으로 모시기에는 그런 사람이 가장 좋을지도 모른다.

형은 예술의 길은 어렵다고 말한다. 하지만 공부다. 공부만 해두면 불안할 리가 없다. 해보고 싶은 길을 이렇게 갈 수 있게 된 것도 형 덕분이다. 평생 동안 서로 도와가며 노력해서 그렇게 성공해야지. 엄마 역시 항상 '형제가 사이좋게'라고 말씀하셨다. 엄마도 분명 기뻐해줄 것이다.

형은 아까부터 엄마 방에서 뭔가 얘기하고 있다. 꽤 길다. 드디어 뭔가 터진 게 분명한데. 답답하다.

　　　　　맑음. 학교에서 정식 합격통지서가 왔다. 입학
식은 20일이다. 그때까지 양복이 완성되면 좋을 텐데. 오늘은
양복점 주인이 치수를 재러 왔다. 유행하는 스타일이 아닌 보
수적인 스타일로 주문했다. 유행하는 스타일의 학생복을 입고
걸으면 멍청이처럼 보여서 싫다. 수수한 스타일의 양복을 입고
걸으면 수재처럼 보인다. 형 역시 평범한 스타일의 학생복을
입고 있다. 그리고 정말 수재처럼 보인다.

　저녁에 요시가 놀러왔다. 상대에 다니는 사촌 케이의 여동생
이다. 아직 여학생이지만 제멋대로 지내고 있다.

　"R대학에 들어갔다며? 그만 두지 그랬어."

　지독한 인사다.

　"그래, 상대는 좋으니까."

　내 대답에 요시는 아무렇지 않게 대답했다.

　"그런 거. 어느 쪽이든 다 시시해."

　그럼 뭐가 좋으냐고 묻자 중학생이 귀여워서 가장 좋단다.
정말 말이 통하지 않는다.

　요시는 우메야에게 터진 스커트를 꿰매어달라 한 뒤 금방 돌
아갔다. 양복 얘기를 하니 생각난 건데 여학생의 제복은 왜 그

렇게 촌스럽고 지저분해 보일까? 조금 더 깔끔한 스타일은 없는 건지. 모두들 시궁쥐 같다. 복장이 그 모양이니 마음까지 시궁쥐처럼 궁상스러운 거지.

오늘은 형이 오후에 외출을 했다. 지금은 밤 10시. 아직 돌아오지 않았다. 사건의 윤곽이 나에게도 드러나기 시작했다.

4월 24일. 월요일.

맑음. 나는 대학에 환멸을 느꼈다. 입학식부터 이미 싫어졌다. 중학교와 조금도 다를 바가 없다. 내가 그토록 기대했던 종교적인 정결한 분위기는 어디에도 없었다. 우리 반에는 70명 정도의 학생이 있었다. 모두 스무 살 전후의 청년들 같았는데, 지능적인 면에 있어서는 아직도 코 찔찔거리는 꼬마들 같았다. 모두들 그저 꺅, 꺅 소란만 피우고 있다. 백치가 아닐까 의심스러울 정도다.

우리 중학교에서는 아카자와가 같이 왔지만, 그는 5학년 때부터 들어와서 나와는 별로 친분이 없다. 살짝 인사만 한 정도이기 때문에 나는 우리 반에서 완전히 고립된 존재다. 백치가

50명에 공부벌레 10명, 기회주의자 5명, 폭력파 5명으로 나는 우리 반 아이들의 분류를 끝내버렸다. 이 분류는 정확하다고 자부한다. 나의 관찰에 절대 실수는 없을 것이다. 천재적인 인간은 한 명도 찾을 수 없었다. 정말 실망이다. 내가 반에서 제일 큰 인물이 될 것 같다. 같이 이야기도 나누고 격려할 수 있는 똑똑한 라이벌이 있을까 했는데, 이래서는 또 다시 중학교 1학년으로 새롭게 들어간 것 같다. 심지어 첫날부터 하모니카를 가져온 학생도 있었다.

20일, 21일, 22일. 3일 동안 학교에 나간 후 벌써 질려버렸다. 학교를 그만 두고 빨리 어디 극단이라도 들어가서 본격적인 수업을 받고 싶은 마음뿐이었다. 학교 따위는 전혀 쓸모없는 것처럼 느껴졌다. 어제는 하루 종일 집에서 『글짓기 교실』을 독파했다. 이런저런 생각에 밤에도 좀처럼 잠을 잘 수가 없었다. 『글짓기 교실』의 작가는 나와 같은 나이였다. 나도 더 이상 이렇게 넋 놓고 있을 때가 아니라는 생각이 들었다. 그녀는 가난하고 제대로 된 교육을 받지 못했는 데도 그만큼의 일을 해냈다. 예술가에게 있어서 축복받은 환경은 오히려 불행한 게 아닐까? 나도 빨리 현재의 환경에서 벗어나 가난한 연구생으로 극단에만 몰두하고 싶었다.

새벽 4시가 지나서야 꾸벅꾸벅 졸다가 일곱 시 알람시계 소

리에 놀라 일어나니 어질어질 현기증이 났다. 그럼에도 괴로운 의무감에 학교까지 무거운 다리를 옮겼다.

학교가 너무 조용한 게 이상하다 싶어 사무실에 가봤더니 그곳에도 역시 사람의 흔적이 없었다. 아차! 순간 깨달았다. 오늘은 야스쿠니 신사의 축제 때문에 학교가 쉬는 날이었다. 고립파의 처참한 실패였다. 오늘이 쉬는 날이란 걸 알고 있었다면 어제 저녁이 좀 더 즐거웠을 텐데. 바보 같다.

하지만 그래도 오늘은 날씨가 좋았다. 돌아오는 길에 다카다 노바바의 요시다 서점에 들려 고서적을 뒤적였다. 가끔씩 현기증이 일어났다. 『테아토라』라는 연극 잡지 몇 권과 코크란이 쓴 『배우예술론』타이로프의 『해방된 연극』을 사왔다. 현기증이 계속 느껴져 집으로 와서 바로 자리에 누웠다. 열도 조금 있는 것 같다. 누워서 오늘 사온 책의 목차를 보았다. 연극에 대한 책은 책방에도 별로 없기 때문에 난감했다. 외국서적이라면 형이 연극에 관한 것도 조금 갖고 있는 것 같지만, 나는 아직 읽을 수 없다. 외국어를 지금부터 열심히 마스터해야겠다. 어학이 완벽하지 않으면 너무 불편하다.

한잠 자고 일어나니 오후 3시. 우메야가 주먹밥을 만들어줘서 혼자서 먹었다. 그런데 한 개를 먹고 나니 가슴이 답답해지면서 오한이 나서 다시 이불 속으로 들어갔다. 스기노 간호사

가 걱정하며 열을 재어 주었다. 37도 8분. 의사선생님을 부를지 물어봤지만 나는 필요 없다고 거절했다. 아스피린을 받아서 먹었다.

깜박깜박 졸면서 흥건하게 땀을 흘리고 나니 기분이 상쾌해졌다. 이제 괜찮아진 것 같다. 형은 지난번 사건 때문에 아침부터 누나네 집에 간 것 같은데 아직 돌아오지 않았다. 간단하게 풀릴 것 같지는 않다. 형이 없으니 왠지 마음이 불안하다. 다시 스기노 씨가 열을 재어보니 36도 9분. 용기를 내어 침대에 배를 깔고 엎드려 일기를 쓴다. 나는 대학에 환멸을 느꼈다. 그 말을 꼭 쓰고 싶었다. 팔이 나른하다. 지금은 밤 여덟 시. 머리가 맑아 잠이 올 것 같지도 않다.

4월 25일. 화요일.

맑음. 강한 바람. 오늘은 학교를 쉬었다. 형도 쉬는 편이 낫겠다고 말했다. 열은 전혀 없어서 자다 깨다를 반복.

누나네 집 사건은 누나가 매형과 헤어지고 싶다고 말한 것이었다. 직접적인 원인은 아무것도 없다고 한다. 그저 싫다는 것

이다. 싫은 것이야말로 가장 중대한 원인이라고 할 수도 있지만, 구체적으로 이렇다 할 원인은 없는 것 같다. 그렇기 때문에 형은 매우 화가 난 것이다. 누나가 제멋대로라며 화를 내고 있다. 매형에게 미안하다고 하겠지.

매형 쪽에서는 헤어질 생각 따위 전혀 없어 보였다. 누나가 상당히 마음에 든 것 같다. 하지만 누나는 이유도 없이 매형을 피했다. 나 역시 매형을 좋아하는 것은 아니지만, 그래도 이번에는 누나가 약간 이기적이라고 생각했다. 형이 화를 내는 것도 무리가 아닌 것 같다.

누나는 지금 메구로의 쪼끔만 여사의 집에 있다. 우리 집에는 오지 않았으면 좋겠다고 형이 확실하게 거절한 것 같다. 그랬더니 바로 짐을 싸들고 쪼끔만 여사의 집으로 달려간 것이다. 아무래도 이번 사건은 쪼끔만 여사가 뒤에서 조정하고 있다는 생각을 하지 않을 수 없다. 매형은 매우 당혹스러워 하고 있는 것 같다.

형이 씁쓸한 표정으로 애기하길 매형이 집을 청소하고 토시오는 식사를 맡고 있다고 한다. 심각하고 불쌍한 일이지만 그 이상한 모습은 생각만 해도 웃음이 터져 나올 것 같다. 그럴 수밖에. 유도 4단의 유단자가 옷자락을 허리춤에 찔러 넣고 장지문의 먼지를 털고, 토시오가 그 희귀한 얼굴을 찌푸리며 생선

을 굽고 있는 모습은 미안하지만 생각만 해도 너무 웃긴다. 하지만 한편으로는 불쌍하다. 누나는 돌아가야만 한다. 그 원인을 찾아내서 고쳐야 할 부분은 고치고 원만한 해결방법을 찾으면 된다.

그러나 누구도 나에게는 상담을 하려 하지 않으니 속이 탄다. 나에게는 일의 진상조차 아무것도 보고되지 않았다. 나는 이 사건에 대해 당분간 방관자의 입장을 취하면서 몰래 캐봐야겠다고 생각했다. 내 생각에는 아무래도 쪼끔만 여사가 수상쩍다. 그녀를 잘 구슬리면 일의 진상을 자백할지도 모른다. 쪼끔만 여사의 집에 모르는 척하고 정찰하러 가봐야지. 그녀는 자신이 독신이니 누나도 부추겨서 어떻게든 같은 독신자로 만들 계획임에 틀림없다. 매형 역시 나쁜 사람은 아닌 것 같고, 누나 역시 훌륭한 정신의 소유자다. 반드시 나쁜 제 삼자가 있을 것이다.

어쨌든 일의 진상을 좀 더 확실하게 알아봐야겠다. 엄마는 당연히 누나의 편인 것 같다. 역시 누나를 언제까지나 자신의 옆에 두려는 것이다. 이 사건은 아직 다른 친척들은 모르고 있는 것 같지만, 지금 시점에서 누나의 아군은 엄마와 쪼끔만 여사, 매형의 아군은 형 혼자. 형이 고군분투하는 상태다.

형은 요즘 기분이 좋지 않아 보인다. 밤 늦게 술에 잔뜩 취해

서 돌아온 일도 벌써 세 번이나 있었다. 형은 누나보다 나이가 한 살 어리다. 때문에 누나도 형의 말을 하나부터 열까지 듣지는 않는다. 하지만 형은 지금 우리 집안의 가장이고 누나에게 명령할 권리가 있다. 그게 더 난해한 것이다. 형도 이번 사건에는 상당히 강하게 노력하고 있는 것 같고, 누나도 좀처럼 꺾일 것 같지 않다. 쪼끔만 여사가 옆에 버티고 있는 한 안 된다. 어쨌든 나도 조금 더 알아봐야지. 도대체 뭐가 어떻게 돌아가고 있는 것일까?

오늘은 형에게 혼났다. 저녁을 먹은 후 나는 가벼운 말투로 얘기를 꺼내 보았다.

"작년 이맘때쯤이었지, 아마? 누나가 간 게. 벌써 일 년이 지난 거야."

난 형에게 사건의 정보를 얻어내려고 접근했으나 이내 간파당했다.

"일 년이든 한 달이든 일단 시집을 간 사람이 이유도 없이 돌아오는 법은 없어. 너 묘하게 흥미 있는 것 같다? 고매한 예술가답지 않은데."

찍소리도 못하고 당했다. 하지만 나는 야비한 호기심으로 이 문제를 알고 싶어 하는 게 아니라 도우려는 것이다. 하지만 그런 말을 했다가는 이번에는 건방진 소리 하지 말라고 혼이 날

것 같아 참았다. 요즘 형은 매우 무섭다.

　밤에는 잠자리에 누워 타이로프를 독파했다.

4월 26일. 수요일.

　　　　　맑음. 저녁부터 약간 비. 학교에 갔더니 어제도 역시 야스쿠니 신사의 대축제 때문에 쉬었다는 것을 듣고 김이 확 빠졌다. 즉 어제와 그저께 이틀 연속으로 쉬는 날이었던 것이다. 그런 줄 알았다면 좀 더 마음 편하게 잘 것을. 아무래도 고립파는 이럴 때 손해를 보는 것 같다. 하지만 뭐 당분간은 고립파로 살 생각이다. 형도 대학에서 고립파였던 것 같다. 친구가 거의 없다. 시마마츠 씨와 고바야카와 씨가 가끔 놀러오는 정도다. 이상이 높은 사람은 아무래도 일시적으로 고립될 수밖에 없는 운명에 놓이는 것 같다. 외로우니까, 불편하다고 해서 세속적인 악과 타협할 수는 없다.

　오늘의 한문 수업은 조금 재미있었다. 중학교 때의 교과서와 비슷해 보이기에 똑같은 내용의 반복일까 지겨워하고 있었는데, 강의의 내용이 확실히 달랐다.

'먼 곳에 있는 친구가 찾아온다면, 이 어찌 또한 즐겁지 않으랴.' 라는 한 구절의 해석에 한 시간은 족히 걸리는데 감탄했다. 중학교 때 그 문구는 그저 친한 친구가 멀리서 불쑥 찾아오는 것은 기쁜 일이라는 의미라고 배웠다. 분명 두꺼비란 별명의 한문 선생님이 그렇게 가르쳤다. 두꺼비는 히쭉히쭉 웃으면서 이렇게 말했다.

"지겨워하고 있을 찰나에 저쪽 정원 끝에서 친구가 좋은 술 한 병에 오리 한 마리를 들고는 이봐! 하며 나타나면 얼마나 기쁘겠어. 정말 인생에서 가장 즐거운 시간일지도 모르지."

그런데 그것은 큰 착각이었다. 오늘 야베 이치타로 씨의 강의에 의하면 이 문구는 결코 그런 좋은 술 한 병과 오리 한 마리처럼 세속적인 현실 생활의 즐거움을 이야기하고 있는 것이 아니었다. 매우 형이상학적인 문구였다. 우리의 사상이 지금 세상에 속하지 못한다 할지라도 생각지도 못한 사람에게서 지지의 목소리를 듣는다면 어찌 즐겁지 않으랴, 라는 의미라고 한다. 적중의 배려를 희미하게 몸으로 느낄 때의 기쁨을 노래한 것이다. 이상주의자의 최고의 바람이 이 한 구에 담겨 있었다. 결코 지루해서 바닥에 뒹굴거리며 누워 있는 것이 아니라 각자 이상을 향해 씩씩하게 나아가고 있었다. 또한 즐겁지 않으랴의 '또한' 이라는 부분에도 여러 가지 의미가 있다며 오랫

동안 설명을 했지만, 그건 잊어버렸다.

어쨌든 두꺼비 선생님의 좋은 술 한 병, 오리 한 마리는 유감이지만 평범하고 세속적인 해석이라고 밖에 할 수 없을 것 같다. 하지만 정직하게 말하자면 나 역시 좋은 술 한 병, 오리 한 마리가 나쁜 것 같지는 않다. 충분히 즐겁다. 두꺼비 선생님의 해석도 완전히 버리기는 아쉬운 것이다. 나의 머릿속 생각 역시 그렇게 좋은 술 한 병, 오리 한 마리가 예상치 못하게 들어오는 것이 이상적이지만, 그래서는 너무 세속적일지도 모른다. 어쨌든 야베 선생님의 강의를 들으면서 중학교 때의 두꺼비 선생님을 이상하게 그리워했던 것도 사실이다. 올해도 중학교에서 좋은 술 한 병, 오리 한 마리 강의를 즐겁게 하고 있겠지. 두꺼비 선생님의 강의는 옛날이야기 같다.

점심시간에 교실에 혼자 남아 오사나이 카오루의 『연극입문』을 읽고 있는데, 본과의 수염이 덥수룩하게 난 학생이 어슬렁어슬렁 교실에 들어왔다.

"세이카와 스스무!"

그는 크게 소리를 쳤다.

"뭐야, 아무도 없잖아?"

입을 삐쭉거렸다.

"거기, 책벌레. 세이카와 스스무가 어디에 있는지 모르나?"

그는 나에게 물었다. 꽤나 성격이 급해 보였다.

"세이카와는 전데요."

나는 얼굴을 찌푸리며 답했다.

"아, 그래? 이거 실례."

그는 머리를 긁적였다. 순수해 보이는 얼굴이었다.

"축구부에서 왔는데, 잠깐 같이 갈 수 있을까?"

나는 교정으로 끌려나왔다. 벚꽃나무 아래에 본과 학생 대여섯 명이 모여 있다. 모두 진지한 얼굴로 나를 기다리고 있었다.

"이쪽이 바로 세이카와 스스무야."

아까의 성격 급한 사람이 웃으며 그렇게 말하고는 나를 모두의 앞으로 밀었다.

"그래?"

이마가 매우 넓고 마흔 정도의 중후한 느낌이 나는 학생이 대범하게 고개를 끄덕였다.

"자네는 이제 축구를 그만둔 건가?"

그는 진지한 말투로 나에게 물었다. 나는 살짝 압박이 느껴졌다. 첫 대면인데도 조금도 웃지 않고 말하는 사람은 아무래도 편치 않다.

"네, 그만뒀습니다."

나는 약간 샐쭉거리는 웃음을 지었다.

"다시 생각해볼 수는 없을까?"

역시 미소라고는 찾아 볼 수 없는 얼굴로 내 눈을 똑바로 바라보며 물었다.

"아깝잖아."

옆에서 다른 본과생도 말을 보탰다.

"중학교 때 그렇게 잘했는데 말이지."

"저는."

확실히 해야겠다는 생각이 들었다.

"잡지부라면 들어가도 괜찮겠다고 생각하고 있는데요."

"문학을 하겠다고?"

누군가가 작게, 하지만 확실히 비웃는 어조로 말했다.

"안 되는 건가."

이마가 넓은 학생이 한숨을 쉬며 말했다.

"자네를 원했었는데 말이지."

나는 순간 축구부에 들어갈까 망설였다. 하지만 대학 축구부는 중학교보다 더 맹렬하게 연습할 테고 그래서는 연극 공부를 할 수 없을 것 같아서 마음을 독하게 먹고 말했다.

"못합니다."

"꽤나 확실하게 말하는군."

누군가가 또 비웃음을 섞어 말했다.

.

"아니."

이마가 넓은 학생은 그 비웃음의 주인공을 타이르듯 뒤를 돌아보며 말했다.

"무리하게 끌어들여봤자 어쩔 수 없지. 뭐든지 자기가 좋아하는 것을 열심히 하는 게 좋은 거지. 세이카와 군은 몸이 안 좋아진 것 같군."

"몸은 괜찮습니다."

나는 움찔하며 항변했다.

"지금은 약간 감기 기운이 있지만."

"그래?"

중후한 학생이 처음으로 조금 웃었다.

"재미있는 녀석이군. 축구부에 종종 놀러 와라."

"감사합니다."

그 자리를 겨우 모면할 수 있었다. 나는 그 이마가 넓은 학생의 인격에 감탄했다. 그가 축구부의 주장일지도 모른다. 작년 R대학의 축구부 주장이 오타라는 사람이었던 것 같은데, 그 이마가 넓은 학생이 그 유명한 주장일지도 모른다. 오타가 아니라고 해도 어쨌든 대학 운동부의 주장이 될 정도의 남자는 확실히 인간적인 면에서도 남들과 다른 것 같다.

어제까지는 대학에 완전히 절망하고 있었지만 오늘은 한문

수업도 그렇고 주장도 그렇고 대학을 살짝 다시 봤다.

그 후에도 오늘은 대단한 일이 있었지만, 그 활약 때문에 지금은 너무 피곤해서 자세하게 쓸 수가 없다. 실로 통쾌했다. 내일 천천히 써야지.

4월 27일. 목요일.

　　　　　비. 하루 종일 비가 내리고 있다. 아침에는 강한 천둥. 어제의 활약 때문인지 아침까지도 피로가 풀리지 않아 일어나는 게 힘들었다. 새로 산 레인코트를 처음으로 입고 등교. 어제의 넓은 이마의 학생이 역시 그 유명한 주장 오타라는 것을 알았다. 쉬는 시간에 같은 반 녀석들이 수군거리는 것을 들었다. 주장 오타는 R대학의 자랑인 것 같다. 본과 1학년 때부터 주장이 되었다고 한다. 과연 대단하군. 모세라는 별명도 있다고 한다. 이 역시 과연 대단하다고 감탄했다.

그것 말고도 오늘 성서 수업시간에 감동한 것을 쓰고 싶지만, 그건 나중에 또 쓸 기회가 있을 것 같다. 오늘은 어제의 일을 잊어버리기 전에 써 두어야 한다. 아무튼 대단한 일이었다.

어제 학교에서 돌아오는 길에 문득 메구로의 쪼끔만 고모네 집에 들렸다 갈까 하는 생각이 들었다. 한번 그런 생각을 하니 무슨 일이 있어도 꼭 가야만 할 것 같은 기분이 들었다. 오후부터는 날씨가 더 나빠져서 비가 내리기 시작했지만, 나는 꼭 가야겠다는 일념 하나로 메구로까지 갔다. 쪼끔만 여사는 집에 있었다. 누나도 있었다. 누나는 살짝 겸연쩍은 얼굴로 말을 걸었다.

"어머, 꼬마야. 살이 쪼금 빠졌네. 고모 뵈러 왔어?"

"아, 그 꼬마란 말 좀 그만 두지. 언제까지 꼬마가 아니라고."

나는 누나 앞에서 책상다리를 하고 앉으며 말했다.

"그, 그래."

누나는 깜짝 놀라서 눈을 동그랗게 떴다.

"빠질 수밖에 없지. 큰 병에 걸렸거든. 오늘 겨우 일어나서 걸을 수 있게 되었어."

나는 약간 호들갑을 떨며 말했다.

"거기, 고모. 차 좀 줘 봐요. 목 말라 죽겠네."

"그게 뭐니? 그 말투는."

고모는 얼굴을 찌푸렸다.

"완전히 불량학생이 되었구나."

"불량학생이 될 수밖에. 형도 요즘 매일 밤마다 술을 마시고

돌아온다고. 형제가 나란히 불량배가 되어 가고 있지. 차 좀 줘
봐."

"스스무."

누나는 정색한 얼굴로 말을 꺼냈다.

"형이 너한테 무슨 말 했어?"

"아무 말도 안 해."

"너 진짜 큰 병에 걸린 거야?"

"아, 뭐, 조금? 너무 걱정한 나머지 열이 났어."

"형이 매일 밤마다 술을 마시고 온다는 게 진짜야?"

"그래. 형도 이제 완전히 변해버렸어."

누나는 고개를 돌렸다. 울고 있었다. 나도 눈물이 나올 것 같
은 걸 꾹 참았다.

"고모, 차 줘요."

"네, 네."

쪼끔만 여사는 귀찮다는 듯이 대답을 하고는 차를 넣으면서
말했다.

"어떻게든 대학에 들어갔다기에 일단 안심이라고 생각했더
니, 금방 이렇게 불량배 흉내나 내고."

"불량배? 내가 언제 불량이 되었다는 거야. 고모야말로 불량
아니야? 쳇, 쪼끔만 여사인 주제에."

"어머! 그게 무슨 말이니!"

고모는 진심으로 화를 냈다.

"나한테까지 그런 악담을 퍼붓고. 이것 봐! 누나가 울고 있잖아. 난동을 부리려고 작정하고 왔나 본데 정말 꼴불견이라 못 봐주겠구나. 넌 잘 모르는 사정이 있다고. 도대체 고모한테 쪼끔만 여사라니, 무슨 말버릇이야! 너 말투부터 얌전히 고쳐야겠다."

"쪼끔만 여사라는 것은 말이지, 고모의 별명이야. 우리 집에서는 그렇게 부르고 있다고요. 몰랐어? 그럼 차를 쪼끔 얻어 먹어볼까?"

차를 꿀꺽꿀꺽 마시면서 나는 곁눈질로 누나를 보았다. 고개를 숙이고 있었다. 애처로웠다. 이 모든 것의 원인이 다 고모 때문이라는 생각이 들면서 고모에 대한 원망이 강해졌다.

"너희 어머니는 참 좋은 아이들을 두셔서 퍽이나 행복하시겠구나. 스스무, 넌 착한 아이니까 이제 그만 하고 돌아가도록 해. 집에 가서 형에게 하고 싶은 말이 있으면 어린애를 이용해서 그러지 말고 남자답게 직접 오라고 전해. 이게 뭐니? 뒤에서 이렇게 몰래 조정이나 하고 있고. 요즘에는 발길도 뚝 끊었더구나. 형한테는 내가 할 말이 잔뜩 쌓였는데. 매일 밤마다 술을 먹고 온다고? 한심하기는."

"형에 대해 함부로 말하지 마세요!"

나도 진심으로 화를 냈다.

"고모야말로 말을 좀 조심하시지요? 나는 형이 시켜서 여기에 온 게 아니라고요. 자꾸 어린애, 어린애 하면서 만만하게 보지 마시지요. 나도 좋은 사람과 나쁜 사람은 구분할 수 있다고요. 난 오늘 고모랑 싸우러왔어요. 형하고 관계없는 일이에요. 형은 이번 일에 대해서는 아무 말도 하지 않았어요. 그냥 혼자서 걱정하고 있다고요. 형은 비겁한 사람이 아니에요."

"알겠어. 그만하고 빵 좀 먹어보지 그래?"

고모는 연륜이 있는 만큼 교활하다.

"맛있는 카스테라야. 고모가 다 알겠으니까, 서로 험악한 소리는 그만하고 빵이라도 먹고 오늘은 그만 돌아가렴. 대학생이 되더니 완전히 사람이 변해버렸구나. 집에서도 엄마한테 그렇게 난폭하게 말하는 거야?"

"카스테라? 잘 먹겠습니다."

나는 우적우적 먹었다.

"으음, 정말 맛있네. 화 내지 말고 차 한잔 더 줘봐. 나는 이번 일에 대해서는 아무것도 모르지만, 누나의 기분도 알 것 같은 기분이 들어."

약간 부드러워진 척을 해 보았다.

"얘가 뭐라는 거니."

고모가 웃었다. 조금 기분이 좋아진 것 같다.

"네가 알기는 뭘 안다고."

"정말 그렇게 생각해요? 하지만 확실한 원인이 있을 거 아니에요."

"그건 말이지. 너 같은 어린애한테 이런 말 하긴 그렇지만. 있지, 있어. 있어도 아주 제대로!"

고모의 성격은 정말 경박하기 그지없다. 나는 아무 대꾸도 하지 않았다.

"무엇보다 결혼한 지 일 년이나 됐는데도 재산이 얼마인지, 수입이 얼마인지 부인에게 알리지 않았다는 게, 넌 이게 정상이라고 생각하니? 수상하잖아."

나는 조용히 듣고만 있었다. 그러자 고모는 내가 공감하고 있다고 생각했는지 더욱 흥분해서 말을 이었다.

"너희 매형이 지금이야 지위가 좋아졌다고 하지만. 결국 그 시작은 네 아버지 밑이었잖아. 나는 다 기억하고 있다고. 너희는 아직 어려서 잘 모르겠지만, 난 똑똑히 기억해. 그때 네 아버지한테 얼마나 많은 신세를 졌었는데."

"이제 와서 그런걸 뭐, 됐어요."

역시 조금 귀찮아졌다.

"아니, 되긴 뭐가 돼. 말하자면 이쪽은 엄연히 모시던 주인의 가족이란 말이지. 그런데 이게 뭐야. 요즘에는 처갓집에도 전혀 들리지도 않고 나 같은 사람의 존재 따위 아주 다 잊고 있다고. 그야 뭐, 내가 독신이라 우습게 보면서 없는 사람 취급을 해도 어쩔 수 없겠지만. 그래도 적어도 너네는 주인의 가족……."

결국 자기 얘기다.

"고모, 얘기가 어떻게 그쪽으로 흘러요."

나는 웃어버렸다.

"이제 됐어요."

누나도 웃었다.

"그런 것보다는 스스무. 너희 둘 다 우리 집을 매우 싫어하잖아. 토시오도 완전히 무시하고."

"그, 그렇지 않아."

나는 당황했다.

"하지만 정월에도 오지도 않고, 너희뿐만 아니라 친척들 누구 하나 우리 집에는 오지도 않는 걸. 나도 눈치란 게 있다고."

그런 일이 있었군. 나도 모르게 긴 한숨을 내쉬었다.

"이번 설날에도 네가 오길 얼마나 기대하며 기다리고 있었는데. 매형도 항상 너를 진심으로 아끼며 꼬마, 꼬마하며 만날 얘

기하는데.”

“배가 아팠다니까. 배가.”

횡설수설 변명을 했다. 그 정도의 일도 누나에게는 꽤 큰 타격이 될 수 있다는 것을 처음으로 깨달았다.

“그럼 못가는 게 당연하지.”

고모가 이번에는 내 편을 들었다. 엉망진창이다.

“애당초 그쪽에서는 오지도 않잖아. 처갓집에도 발걸음이 뜸하고. 우리 집에도 연하장 한 장 오지도 않았고. 그야 뭐, 나 같은 사람이야……”

또 시작하고 싶은 모양이다.

“죄송해요.”

누나가 낮은 목소리로 말했다.

“우리 남편이 워낙에 뭐랄까, 서생 같다고 해야 하나. 우리 친정이나 고모네 집뿐만 아니라 자기 친척집에도 발걸음이 뜸해진 지 오래 됐어요. 제가 옆에서 뭐라고 하면 친척은 원래 그래도 되는 거라고 대꾸하고 마는 걸요.”

“틀린 말은 아니지.”

나는 매형이 조금 좋아졌다.

“정말 가까운 가족들에게까지 형식적이고 귀찮은 인사치레에 신경 쓰다 보면 남자가 어떻게 큰일을 하겠어.”

"정말 그렇게 생각해?"

누나는 기쁜 얼굴이다.

"그럼. 걱정하지 않아도 돼. 요즘 형이랑 매일 밤늦게까지 술을 마시며 돌아다니는 상대가 누군지 알아? 매형이야. 둘이 아주 죽이 잘 맞는 거 같아. 종종 매형에게 전화가 오거든."

"정말?"

누나는 눈을 동그랗게 뜨고 나를 바라보았다. 그 눈은 환희로 빛나고 있었다.

"당연하지."

나는 기세를 몰아 이야기를 이어갔다.

"매형이 요즘 매일 아침 옷자락을 허리춤에 끼우고 청소를 하고 있다나봐. 토시오는 빨간 앞치마를 하고 식사 준비를 하고. 형에게 그 얘기를 들으니 우리 집이 완전히 천국 같더라고. 근데 꼬마 소리만은 이제 그만할 수 없어?"

"앞으로 조심할게."

누나는 신이 났다.

"매형이 그렇게 부르니까 나까지 그만 버릇이 되어서."

나에게는 남편 자랑처럼 들렸다. 하지만 천박하게 그런 걸 놀릴 수는 없다.

"나도 나빴고, 형 역시 실수한 부분이 있었네. 고모, 미안해

요. 아까 심한 말을 해서."

나는 잊지 않고 고모의 심기도 챙겨 두었다.

"나 역시 일이 잘만 무마될 수 있다면 얼마나 좋을까 생각하고 있었어."

고모는 역시 눈치가 빠르다. 태도를 완전히 바꿨다.

"스스무도 많이 컸네. 완전 놀랐어. 근데 말이야. 그 쪼끔만인지 뭔지 나이 많은 사람을 놀리는 것만은 그만 둬."

"조심하겠습니다."

나는 기분이 좋아져서 고모네 집에서 저녁을 먹고 집으로 돌아왔다.

그날 밤만큼 형의 귀가가 기다려진 적이 없다. 엄마는 내가 고모네서 저녁을 먹고 왔다는 얘기를 듣고 누나의 상태를 궁금해 하며 이것저것 귀찮게 물어봤다. 하지만 왠지 가르쳐주기가 싫었다.

"나중에 형한테 들으세요. 저는 잘 몰라요."

열시 즈음 형이 술에 잔뜩 취해서 돌아왔다. 나는 형의 방에 따라갔다.

"형, 물 한잔 갖다 줄까?"

"필요 없어."

"형, 넥타이 풀어 줄까?"

"필요 없어."

"형, 바지 정리 해줄까?"

"귀찮게 하지 말고 빨리 자. 감기는 다 나았어?"

"감기 따위 끄떡없어. 나 오늘 고모네 집에 갔었어."

"학교 땡땡이친 거야?"

"아니, 학교에서 오는 길에 들린 거야. 누나가 형한테 안부 전해달라더라."

"들을 생각 없다고 전해. 너도 적당히 누나를 포기하는 편이 좋을 거야. 이제 난 모르는 사람이야."

"누나가 우리 걱정 많이 하고 있어. 울더라고."

"무슨 소릴 하는 거야. 빨리 잠이나 자. 그런 쓸데없는 일에 관심을 두고 있다가는 최고의 배우가 될 수 없어. 요즘 전혀 공부도 하지 않는 것 같던데. 내가 모를 줄 알아?"

"형도 요즘 공부 안하잖아? 매일 술만 마시고."

"아무 것도 모르면서 주제넘은 소리 하지 마. 나는 매형에게 미안하니까……."

"그러니까 매형을 기쁘게 해주면 되잖아? 누나는 매형을 조금도 싫어하지 않는다고."

"너한테는 그렇게 말하는 거야. 너도 결국 누나에게 넘어갔구나?"

"내가 카스테라 따위에 넘어갈 거 같아? 쪼끔만, 아니, 고모가 나쁜 거야. 고모가 부추겼다고. 재산을 알려주지 않았다느니 속물 같은 소리나 하고. 하지만 그런 건 중요한 게 아니야. 사실은 우리가 잘못했던 거야."

"대체 뭐가 잘못됐다는 거야? 나는 그만 잘래."

형은 잠옷으로 갈아입고는 이불 속으로 들어가버렸다. 나는 전등을 끄고 작은 전기스탠드를 켰다.

"형. 누나가 울고 있었다고. 형이 매일 밤 밖에 나가서 술 먹고 밤늦게까지 들어오지 않는다고 했더니 누나가 훌쩍훌쩍 울었어."

"눈물이 나겠지. 자기가 막무가내로 모두를 괴롭게 하고 있으니까. 거기 담배 좀 집어줘."

형은 배를 깔고 엎드렸다. 나는 담배에 불을 붙여주었다.

"그리고는 너네도 우리 집이 싫잖아, 라고 말했다고."

"뭐? 말도 안 되는 소리."

"하지만 그랬었잖아. 지금은 아니지만 전에는 형도 누나네 집에 놀러가지 않았잖아."

"너도 안 갔잖아."

"그래, 나도 잘못했어. 그렇지만 유도 4단이라니까 무서워서."

"넌 토시오도 경멸하고 있잖아."

"경멸하는 건 아니지만, 왠지 만나고 싶지 않았어. 마음이 무거워서 말이야. 하지만 이제부터는 사이좋게 지낼 거야. 잘 생각해보면 좋은 얼굴이야."

"바보."

형은 웃었다.

"매형도 토시오도 좋은 사람이야. 역시 고생하며 자란 사람들은 다르더라고. 예전에도 나쁜 사람이라고 생각한 건 아니지만. 나쁜 사람이라고 생각했으면 누나를 시집보내지도 않았겠지. 근데 그렇게 좋은 사람인지는 몰랐어. 이번에 새삼 느꼈어. 누나에게는 매형의 좋은 점이 아직 안 보이는 거야. 근데 뭐? 우리가 놀러가지 않아서 매형이랑 헤어지겠다고? 그게 말이 되는 소리야. 그게 바로 막무가내에 제멋대로라는 거야. 자기가 열아홉, 스무 살짜리도 아니고 어쩜 그렇게 철이 없는지."

좀처럼 꺾일 생각을 않는다. 이런 게 가장의 자존심이란 것일지도 모른다.

"누나도 매형의 좋은 점 정도는 알고 있을 거야."

나도 필사적이 되었다.

"그런 매형이 아무래도 우리랑 잘 맞지 않는 것 같다고 생각한 거지. 누나는 형이나 나에 대해 그만큼 중요하게 생각하는

거라고. 우리가 잘못했어. 다른 집안으로 시집갔다고 해서 남이 되는 건 아니잖아."

"그럼 대체 나한테 어떻게 하라는 거야."

형도 진지하게 반응하기 시작했다.

"딱히 어떻게 하라는 게 아냐. 누나는 이미 기뻐했거든. 형이랑 매형이 요즘 매일 밤마다 술을 마시며 같이 돌아다닌다고 말했더니, 누나가 진짜냐고 묻는데 얼마나 기뻐하던지."

"그래?"

형은 한숨을 쉬었다. 그리고 잠시 침묵이 흘렀다.

"좋아, 알았어. 나도 잘못했어."

형은 벌떡 일어났다.

"지금이 열두 시인가? 스스무, 상관없으니 매형에게 전화를 걸어서 지금 곧 형이 만나러 간다고. 그리고 아사히 택시에도 전화 걸어서 빨리 택시 한 대만 보내달라고 해. 그 사이에 나는 잠깐 어머니께 얘기하고 올 테니까."

형을 누나네 집으로 보낸 후 나는 마음을 진정시키고 그 날의 일기를 쓰기 시작했지만, 역시 너무 지쳐서 중간에 그만 두고 자버렸다. 형은 누나네 집에서 잤다.

오늘 학교에서 돌아오자 형은 싱글벙글 웃으면서 아무 말 없이 나를 어머니 방으로 끌고 갔다.

125

어머니의 머리맡에는 매형과 누나가 앉아 있었다. 나는 웃으면서 그 옆에 앉아 두 사람에게 인사를 했다.

"스스무!"

누나가 울었다. 누나는 시집을 가던 날 아침에도 이렇게 내 이름을 부르며 울었다.

형은 복도에 서서 웃고 있었다. 나는 조금 울었다. 엄마는 누워서 언제나의 레퍼토리를 말했다.

"형제가 사이좋게……."

신이시여, 우리 가족을 지켜 주소서. 저는 이제 열심히 공부하겠습니다.

내일은 누나의 결혼 1주년 기념일이라고 한다. 형과 같이 선물을 준비해야겠다.

정의와 미소

4월 28일. 금요일.

맑음. 잘 생각해보니 사나이가 돼서 고작 한 집 안의 옥신각신 때문에 전력을 다해 바쁘게, 마치 뭔가 대단한 일이라도 해낸 듯 의기양양했던 일이 부끄럽게 느껴졌다. 가정의 평화도 중요하지만 이상을 가지고 있는 남자라면 더 큰 일을 위해 힘써야 한다.

나는 오늘 학교에 가서 이 진리를 절실하게 통감했다. 집안에서는 엄마와 형, 누나의 막내 대접에 똑똑하다는 칭찬을 받아서 내가 대단한 줄만 알았다. 하지만 나는 냉엄한 현실과 부딪히게 되었다. 참담한 일이다. 하늘 높은 줄 모르고 날다 보면 그 후에 꼭 바닥까지 끌어내리는 절망과 대면하는 게 나의 숙명인 것 같다. 세상은 어쩜 그렇게 사람들을 서로 인색하게 만들고 쓸데없는 적의로 타오르게 하는지 모르겠다.

오늘 아침 정문 앞에서 버스에서 내린 순간, 축구부 본과생과 만났다. 그날 나를 찾으러 교실에 온 털북숭이 학생이다. 나는 그 사람에게 호감을 느꼈었기 때문에 살짝 웃으며 인사를 했다.

"안녕하세요."

그러나 그의 반응은 지독했다. 그는 정말 싫은 것을 본 듯한

증오스러운 눈으로 나를 힐끗 보더니 바로 정문으로 들어가 버렸다. 지난번의 천진한 얼굴로 당황하던 사람과는 전혀 다른 인물인 것 같았다. 그 눈빛은 뭐라 말로 형용할 수 없는 천박함이 가득했다. 축구부에 들어가지 않았다고 해서 갑자기 그렇게 태도를 바꿀 건 또 뭐람. 어차피 같은 R대생이면서. 이런, 못난 놈! 이라고 뒤에서 소리쳐주고 싶었다. 이제 스물 넷, 다섯은 되었을 것이다. 나이도 먹을 만큼 먹고서는 진심으로 나를 증오하고 있다.

나는 그 학생을 극도로 경멸하는 것과 동시에 왠지 악한 인간성을 발견한 것 같은 기분이 들어 매우 씁쓸해졌다. 어제까지의 행복감이 순식간에 나락의 바닥으로 떨어진 것 같았다. 쩨쩨하기 짝이 없는 소시민 근성. 그들의 그런 추악하고 쩨쩨한 근성이 얼마나 우리의 평화로운 생활을 짓밟고 흥을 깨버리는지. 그들은 자신들이 뿜어내는 독기를 반성하기는커녕 전혀 깨닫지 못하고 있다. 그저 놀라울 뿐이다. 세상에 바보만큼 무서운 것이 없다는 것이 이럴 때를 두고 하는 말일 것이다. 이래서 내가 학교가 싫어지는 것이다. 학교는 학문하는 곳이 아니라, 쓸데없는 사교에만 힘쓰는 장소다.

오늘도 우리 반 학생들은 『소녀 클럽』『소녀의 친구』『스타』 같은 잡지를 주머니에 쑤셔 넣고 어슬렁어슬렁 교실에 왔다.

세상에 학생들만큼 무지한 자가 또 있을까? 정말 싫다. 수업이 시작될 때까지 어린아이 장난감 같은 종이비행기를 날리면서 대단하다 감탄하고, 시시한 일에 서로 놀라거나 외설스러운 짓이나 하고 있다. 그러다 선생님이 오시면 갑자기 소곤거리며 별 쓸모없는 강의까지 자못 신비해하며 듣는다. 그리고 수업이 모두 끝나면 오늘은 긴자로 가자! 라며 다시 살아난 것처럼 득의양양해져서는 소란을 피운다.

오늘 아침에도 교실에서는 한바탕 소동이 일어났었다. 무슨 일인가 했더니 어젯밤에 K라는 우리 반의 호색한 녀석이 애인처럼 보이는 여자와 긴자 거리를 걸었다는 것이었다. 그래서 K가 교실에 들어오자마자 순식간에 왁자지껄 소동이 일어났다. 정말 한심하다는 말 밖에 할 말이 없다. 조숙한 호색한들의 쓰레기터 같은 느낌이다. 모두에게 야유를 당해 얼굴이 빨개지면서도 전혀 싫지만은 않은 듯 싱글벙글거리고 있는 K도 K지만, 그를 보며 연신 우와, 우와 외쳐대며 야유하는 학생들은 대체 무슨 생각인지. 이해할 수가 없다.

불결하고 비열하다. 바보 같은 소동을 멀리서 지켜보고 있자니 격한 분노가 몰려왔다. 용서할 수 없을 것 같은 마음이 들기 시작했다. 이제 이런 녀석들과는 말도 섞지 않겠다고 생각했다. 친구가 되지 못해도 좋다. 이런 이들과 무리하게 친구가 되

어 나까지 시시해질 필요는 없다.

아아, 로맨틱한 제군들이여! 청춘은 즐거운 것 같구나. 바보들. 너희들은 무엇을 위해 사는가. 너희들의 이상은 무엇인가. 되도록 큰 기복 없이 적당히 놀다 무탈하게 대학을 졸업하고 새로운 양복을 맞춰 입고 직장에 취직. 귀여운 부인을 얻어 월급이 오르기를 기대하며 일생 평화롭게 살고 싶겠지만, 안타깝게도 꼭 그렇게 되지 않을지도 모른다. 생각지도 못한 일이 일어날 것이다. 각오들은 하고 있는가? 불쌍하게도 그들은 아무것도 모른다. 무지의 상태다.

아침부터 이미 짜증이 나 있었는데 오후의 교련 수업시간용 다리 붕대를 안 가져온 것이 생각났다. 당황한 나는 옆 반으로 가서 한 시간만 빌려달라고 세 명의 학생에게 부탁했지만 모두 묘하게 히죽히죽 웃기만 하고 대답조자 하지 않는다. 나는 흠칫 했다. 빌려주기 싫다던가, 곤란하다던가, 그런 것도 아닌 것 같다. 그저 그럴 수는 없다고 말하는 백치 같은 자기주의 같다. 마치 곤경에 처해 있는 사람을 도와주는 경험 따위 태어날 때부터 한 번도 없는 것 같다. 그런 사람에게는 아무리 사정해도 해결되지 않는다. 지독한 일이다. 이제 두 번 다시 학생에게는 뭔가를 부탁하지 않으리라 생각했다. 나는 교련 수업을 빼먹고 그대로 집으로 돌아왔다.

축구부 본과생의 일이나 오늘 아침 교실의 한심한 소동, 옆 반 아이들까지 정말 대단들 하다. 나는 오늘 갈기갈기 찢겼다. 하지만 뭐, 상관없다는 생각이 들었다. 나에게는 나의 길이 있다. 그것만 똑바로 해나가면 되지.

저녁에 나는 형에게 부탁했다.

"이제 학교에 대해서는 대충 파악했으니, 슬슬 본격적으로 연극 공부를 하고 싶은데. 형, 빨리 좋은 선생님 소개시켜 줘."

"오늘밤은 웬일로 꽤 진지한가 했더니 그거였어? 좋아. 내일 츠다 씨에게 가서 상담해보자. 음, 어떤 선생님이 좋을까? 일단 츠다 씨에게 가서 물어봐야지. 내일 같이 가자."

형은 어제부터 기분이 매우 좋다.

내일은 국왕의 생일이다. 뭔가 나의 앞날이 축복받을 것만 같은 기분이 든다. 츠다 씨는 형의 고등학교 시절 독일어 선생님으로, 지금은 교직을 그만두고 소설만 쓰고 있다. 형은 이분에게 작품을 배우고 있다.

밤늦게까지 책상서랍 속까지 방을 깨끗하게 정리했다. 다 본 책과 지금부터 읽을 책을 나눠 책꽂이에 다시 꽂았다. 액자의 그림도 피에타 대신 다빈치의 자화상을 넣었다. 의식적으로 강한 의지력을 갖고 싶었기 때문이다. 거위 깃털 팬을 버렸다. 소녀 취향을 배제하고 싶었다. 기타는 서랍 속에 넣어버렸다. 기

분이 무척 깔끔해졌다. 올 봄은 평생 동안 산뜻한 추억이 되어 남을 것만 같았다.

4월 29일. 토요일.

　　　　전국 맑음. 오늘은 일본 국왕의 생일이다. 형과 나는 둘 다 일찍 일어났다. 투명하게 느껴질 만큼 맑은 날씨였다. 형의 말에 의하면 예전부터 국왕의 생일날에는 항상 날씨가 이렇게 좋았다고 한다. 나는 그 말을 그냥 믿고 싶었다.

　11시쯤 집을 나와서 긴자에 들려 누나의 결혼 1주년 축하 선물을 샀다. 형은 와인잔 세트를 샀다. 누나네 집에 놀러가서 그 와인잔에 매형과 함께 와인을 마시려는 게 본심이었다. 나는 고급 트럼프 카드 한 세트. 누나네 놀러갔을 때 누나와 토시오와 셋이서 트럼프 놀이를 하려는 마음에서였다. 둘 다 앞으로 누나네 집에 가서 재미있게 놀기 위한 완벽한 준비다. 와인잔과 트럼프는 누나네 집으로 소포로 배달시켰다.

　형과 점심을 먹고 나서 츠다 씨를 찾아갔다. 예전에 중학교에 입학한 봄에 형을 따라서 한번 츠다 씨의 집에 놀러 간 적이

있었다. 그때 현관과 복도, 거실 바닥까지 빽빽하게 꽂혀 있는 책에 깜짝 놀랐었다.

"이걸 전부 다 읽은 거예요?"

"도저히 읽을 만한 양이 아니지. 하지만 이렇게 나란히 두면 반드시 읽을 때가 오는 법이거든."

나의 당돌한 질문에 츠다 씨가 명쾌하게 웃으며 대답한 기억이 난다.

츠다 씨는 집에 있었다. 여전히 책이 빽빽하다. 조금도 변하지 않았다. 츠다 씨도 4년 전과 똑같았다. 이미 쉰 가까이 되었을 텐데 늙은 기색이 전혀 없다. 변함없이 새된 목소리로 얘기도 잘 하고 잘 웃는다.

"많이 컸네. 훨씬 더 남자다워지고. R대? 다카이시 군은 건강하지?"

다카하시 군이란 R대의 영어 강사다.

"네, 근데 좀 우유부단한 사람인 것 같아요."

내가 생각한대로 이야기하자 츠다 씨는 눈을 동그랗게 뜨고는 말했다.

"말하는 게 거침이 없군. 벌써부터 이러면 나중에 어찌될지 상상이 안 되는데. 매일 형이랑 둘이서 내 험담을 하고 있는 거 아니야?"

"네, 그런 중입니다."

형이 웃으면서 말했다.

"동생은 처음부터 R대학을 졸업할 생각이 없는 것 같습니다."

"그건 자네의 악영향이야. 꼭 그렇게 동생까지 자네와 같은 길로 끌어들일 필요는 없었잖아?"

츠다 씨도 웃으면서 말했다.

"다 제 책임입니다. 배우가 되고 싶다고 하는데……."

"배우? 단단히 결심 했나본데. 설마 영화배우는 아니겠지?"

나는 고개를 숙인 채 두 사람의 대화를 경청하고 있다.

"영화배우입니다."

형은 확실하게 대답했다.

"영화?"

츠다 씨는 괴성을 질렀다.

"그거 참, 골치 아프군."

"저도 여러 가지로 생각해봤는데, 동생이 괴로운 일이 생기면 꼭 영화배우가 되겠다고 결심하는 것 같습니다. 어렸을 적부터 그런 것이니 딱히 타당한 이유가 있는 건 아니지만, 그만큼 숙명적인 게 아닐까 싶어서요. 기분이 좋을 때 무턱대고 동경하는 거면 모르겠지만, 인생의 고비가 올 때마다 자기도 모

르게 영화배우를 떠올리는데 저는 그게 신의 목소리처럼 느껴집니다. 그래서 지금은 이 녀석을 믿고 싶습니다."

"말은 그렇게 하지만. 자네, 친척이나 다른 사람들의 반대도 있을 것이고 만만치 않을 거야. 그건."

"친척의 반대나 그런 건 다 제가 처리하겠습니다. 저 역시 학교는 중도에 그만 두고, 소설가가 되겠다고 하고 있으니 친척들의 반대 정도 익숙합니다."

"자네가 아무렇지 않다고 해서, 동생이……."

"저도 괜찮습니다."

내가 말참견을 했다.

"그런가."

츠다 씨는 씁쓸한 웃음을 지으며 말했다.

"대단한 형제들이야."

"어떨까요?"

형은 개의치 않고 계속해서 이야기를 진행했다.

"연극 분야에 좋은 선생님이 없을까요? 역시 오육 년 정도는 기본적인 공부를 해야 되니까……."

"그야 당연하지."

츠다 씨는 갑자기 열을 올리며 말했다.

"공부를 해야지. 공부!"

"그러니까 좋은 선생님을 소개시켜 주십시오. 사이토 씨는 어떨까요? 동생도 그 사람을 존경하고 있는 것 같고, 저도 역시 그런 클래식한 사람이 좋을 것 같은데……."

"사이토 씨?"

츠다 씨는 고개를 갸웃거렸다.

"안 됩니까? 선생님은 사이토 씨와 친분이 있으시잖아요?"

"친한 건 아니지만, 내가 대학교 때의 은사님이셨지. 하지만 지금의 젊은 사람들에게는 어떨지… 소개는 해줄 수 있어. 하지만 그러고 나서 어떻게 할 건가? 사이토 씨의 제자로라도 들어갈 건가?"

"설마요. 뭐, 연극에 대한 걸 가끔씩 상담하러 가는 정도겠지만. 일단 어느 극단이 좋을지, 그런 것도 묻고 싶겠지요."

"극단? 영화배우가 아니었나?"

"영화배우는 상징적인 것이지 꼭 거기 매여 있는 것은 아닙니다. 어쨌든 우리나라 최고의 아니, 세계 최고의 배우가 될 겁니다."

형은 나의 마음을 대변해서 대답했다. 나는 절대로 이렇게 확고하게 말할 수 없다.

"그러니까 우선 사이토 씨의 의견도 듣고, 좋은 극단에 들어가서 오 년이든 십 년이든 연기를 배우고 싶다는 생각입니다.

그 다음에 영화를 할지 가부키를 할지 그때 고민해도 되겠지요."

"바보스럽지만 제대로 계획은 세웠군. 하룻밤 꿈은 아니란 말이지?"

"당치 않은 말씀입니다. 제가 실패하더라도 동생만은 꼭 성공시키고 싶습니다."

"아니, 두 사람 모두 성공해야지. 어쨌든 중요한 건 공부야."

츠다 씨는 큰소리로 말을 이어갔다.

"자네들은 지금 생활비 걱정도 없는 것 같으니 우선 착실하게 쌓아가는 거야. 축복 받은 환경을 헛되이 해서는 안 되지. 그런데 배우라니… 의외야. 어쨌든 그럼 사이토 씨에게 소개장을 써주지. 잠시 기다려 보게. 그런데 워낙에 완고한 사람이라 문전박대를 당할지도 모르네."

"그럼 또 다시 소개장을 부탁드리러 오겠습니다."

형은 츠다 씨의 말을 웃으며 넘겼다.

"자네도 어느새 넉살이 좋아졌군. 그런 능청스러움이 작품에도 조금씩 묻어나오면 좋을 텐데 말이지."

형은 순간 경직된 표정으로 말했다.

"저도 10년 계획으로 다시 시작해볼 생각입니다."

"아니, 평생이야. 평생의 수업이지. 요즘도 작품을 쓰고 있

나?"

"그게 참 쉽지 않아서……."

"안 쓰고 있는 모양이군."

츠다 씨는 한숨을 쉬었다.

"자네는 일상생활의 프라이드에 너무 얽매여 있어서 안 되는 거야."

농담을 하다가도 작품 이야기가 시작되면서 엄격한 분위기가 주위를 감돌았다. 정말 좋은 스승과 제자라고 생각했다. 소개장을 받고 나오는데 츠다 씨가 현관까지 배웅을 해주었다.

"마흔이 되든, 쉰이 되든 괴로움의 크기는 변하지 않는 법이지."

혼잣말처럼 중얼거린 그의 말이 가슴깊이 다가왔다.

똑같은 작가라도 역시 츠다 씨 정도가 되면 뭐가 달라도 다르다는 생각이 들었다.

동경대가 있는 혼고의 번화가로 나온 후 형이 쓸쓸한 듯 웃으며 말했다.

"아무래도 혼고는 우울해. 나처럼 도중에 학교를 그만둔 사람들에게 이 학교의 건물은 공포의 대상이지. 왠지 내가 너무 범죄자가 된 것 같은 비굴한 기분이 들거든. 우리 우에노라도 가볼까? 혼고는 이제 충분해."

츠다 씨에게 설교를 들어서 더 쓸쓸해진 것일지도 모른다.

우리는 우에노에 가서 소고기 전골을 먹었다. 형은 맥주를 마셨다. 나에게도 조금 마시게 해주었다.

"하지만 뭐, 잘됐어."

형은 점점 기분이 좋아졌다.

"나도 오늘은 열심히 노력했고. 드디어 츠다 씨도 소개장을 써 주었으니 대성공이야. 츠다 씨가 저렇게 보여도 괴팍한 성질이 있어서 말이지. 마음 한 구석에 조금이라도 걸리는 부분이 있으면 그때는 끝이야. 절대 안 되지. 조금도 방심할 수 없는 사람이라니까. 그러니 오늘은 정말 다행이었어. 신기할 정도로 술술 풀렸잖아. 너의 태도가 괜찮았나? 츠다 씨가 저렇게 허허실실하는 것 같지만, 꽤나 날카롭게 사람을 관찰하거든. 뒤에도 눈이 있는 것 같다니까. 근데 너는 아마 통과한 것 같다."

나는 싱글벙글 웃었다.

"안심하긴 아직 일러."

형은 약간 취한 것 같다. 목소리가 필요 이상으로 높아졌다.

"이제는 사이토 씨라는 난관도 넘어야 해. 꽤나 완고한 사람 같던데. 츠다 씨도 고개를 갸웃거렸잖아. 성실한 자세로 한번 잘해봐. 소개장 갖고 있지? 잠깐 보자."

"봐도 돼?"

"상관없어. 소개장이란 건 말이지 지참하는 본인이 봐도 상관없도록 일부러 봉하지 않는 거야. 봐봐, 그렇지? 일단 이쪽에서도 봐 두는 편이 좋아. 어디 보자. 으음, 이건 좀 심한데? 너무 간단해. 이 정도로 괜찮을까."

나도 읽어보았다. 너무나도 간단하다. 친구, 세이카와 스스무 군을 소개합니다. 선생님께 한 수 배우고 싶어서 어쩌고저쩌고 하는 식의 내용이다. 구체적인 사정에 대해서는 한 줄도 언급하지 않았다.

"이걸로 될까?"

나는 마음이 조급해졌다. 갑자기 앞날에 어둠이 드리워진 것 같았다.

"괜찮을 거야."

형도 자신은 없어 보였다.

"하지만 여기에 친구, 세이카와 스스무라고 쓰여 있잖아. 이 친구라는 부분이 포인트일지도 몰라."

자기 마음대로 해석하고 있는 것 같다.

"밥이나 먹을까?"

나는 풀이 죽었다.

"그러자."

형도 흥이 깨진 얼굴이다.

가게에서 나왔을 때는 날이 이미 저물어 있었다. 형은 바로 근처의 누나네 집에 들렀다 가자고 했지만, 나는 내일 사이토 씨를 찾아갈 생각이었기 때문에 집으로 가고 싶었다. 내일 당장 면접을 봐도 당황하지 않도록 연극에 관한 책을 이것저것 읽어두어야 했다. 결국 형 혼자서 누나네 집에 가게 되고 나는 집으로 돌아왔다.

지금은 밤 열 시다. 형은 아직 돌아오지 않았다. 누나네 집에서 매형과 술을 마시고 있을지도 모른다. 형도 요즘은 완전히 술꾼이 되어버렸다. 소설도 잘 쓰지 않는다. 하지만 나는 형을 믿는다. 금방이라도 분명 멋있는 걸작을 쓸 것이다. 어쨌든 평범한 사람은 아니니까.

아까부터 사이토 씨의 자서전 『연극 인생 50년』을 책상 위에 펼쳐두고 있지만, 한 페이지도 넘기지 못하고 있다. 여러 가지 생각에 가슴만 두근거리고 있다. 불쾌할 정도로 묘한 긴장감이다. 이제부터 드디어 현실과의 싸움이 시작된다. 어엿한 사내 대장부가 용감하게 싸우러 가는 모습이 바로 이런 것이겠지?

이제는 가슴이 벅차오른다. 내일의 만남이 잘 될까? 이번에는 나 혼자 가야 한다. 누구의 도움도 받을 수 없다. 그렇게 간단한 소개장으로는 대단한 효과도 기대할 수 없다. 결국 나의

성실함으로 장래 희망을 구구절절 늘어놓을 수밖에 없다. 아아, 걱정이다. 신이시여, 나를 지켜주소서. 문전박대 따위 당하지 않도록.

사이토 씨는 어떤 사람일까? 의외로 사람 좋은 할아버지로 젊은이 잘 왔군, 하며 눈을 가늘게 뜨고 아니, 그럴 리가 없다. 쉽게 생각해서는 안 된다. 적어도 우리나라 최고의 극작가다. 분명 반짝반짝 빛나는 예리한 눈빛에 힘도 셀 것이다. 설마 두들겨 패지는 않겠지? 만약 때린다면 나 역시 가만히 있지는 않을 것이다. 당당하게 반격을 해주어야지. 그럼 그는 어린아이인 줄 알았더니 그 정도의 의지라면, 이라고 감탄하면서 입문을 허락해주게 된다. 어디선 본 듯한 장면이다. 그게 아마 미야모토 무사시의 영화였던가? 아아, 공상은 끝이 없다.

어쨌든 내일 만남의 결과에 따라 내 평생의 은사님이 정해질지도 모른다. 중요한 날이다. 오늘밤에는 어떻게 해야 좋을까? 책을 읽으려 해도 한 페이지도 넘기지 못한다. 머릿속에 아무것도 들어오지 않는다. 잠이나 자자. 그게 제일 좋을 것 같다. 수면 부족인 얼굴로 첫인상을 망치는 건 손해다.

하지만 좀처럼 잠을 잘 수가 없다. 밖에서는 공사장의 야간 작업이 시작됐다. 생각해보니 밤 열 시부터 아침 여섯 시까지 매일 하고 있다. 약 여덟 시간의 격한 노동이다. 으쌰 으쌰, 하

는 구령소리가 들려온다. 뭘 하고 있는 걸까? 맨홀에서 가스관이라도 빼고 있는 걸까? 형의 설명에 의하면 저 구령소리는 작업 인부가 스스로 졸음을 깨기 위해 하는 것이라고 한다. 그런 생각을 하고 들으면 구령소리가 매우 애처롭게 들린다. 급료를 얼마나 받고 있을까?

성서를 읽고 싶어졌다. 이렇게 참을 수 없을 정도로 안절부절못할 때에는 성경책에 의지하게 된다. 다른 책이 모두 무미건조하게 머릿속에 하나도 들어오지 않을 때에도 성경책 구절만은 내 가슴을 울린다. 정말 대단한 책이다. 당장 성경책을 꺼내서 펼쳤더니 다음과 같은 문구가 눈에 들어왔다.

'나는 부활이요 생명이니 나를 믿는 사람은 죽더라도 살겠고 또 살아서 믿는 사람은 영원히 죽지 않을 것이다. 너는 이것을 믿느냐?'

잊고 있었다. 나는 믿음이 약했다. 모든 것을 그냥 맡겨두고 오늘밤은 자자. 나는 요즘 기도조차 게을러졌다.

그 뜻이 하늘에서처럼 땅에서도 이루어지기를.

4월 30일. 일요일.

맑음. 아침 10시, 문 앞까지 나온 형의 배웅을 받고 출발했다. 악수를 하고 싶었지만 너무 소란을 피우는 것 같아서 참았다. 고등학교 시험을 칠 때도, R대 시험을 칠 때도 이렇게까지 긴장하지는 않았다. R대의 경우 그날 아침이 되어서야 문득 깨닫고 서둘러서 출발했을 정도다.

인생의 새로운 출발. 오늘 아침은 정말 그런 기분이었다. 가는 길에 전차 안에서 몇 번이나 눈물을 흘렸다. 그리고 점심 즈음 멍하니 집으로 돌아왔다. 왠지 기진맥진할 정도로 지쳤다.

사이토 씨 저택은 쥐 죽은 듯 고요했다. 단층의 꽤 커 보이는 집이었다. 현관 벨을 아무리 눌러도 아무 대답도 없이 고요하다. 사나운 개라도 튀어나올까 봐 벌벌 떨고 있는데 강아지 한 마리 나올 기척이 없다. 어찌할 바를 몰라 허둥대고 있는데 정원의 사립문이 열렸다.

"어머, 깜짝이야!"

허리에 빨간 띠를 두른 여자가 나타났다. 하녀 같지는 않지만 설마하니 딸도 아닌 것 같다. 어딘가 기품이 떨어진다.

"선생님은 집에 계십니까?"

"글쎄요."

애매한 대답이다. 싱글벙글 웃고만 있다. 약간 품행이 단정치 못한 것 같지만 느낌이 그렇게 나쁘지만은 않다. 친척 아가씨쯤 되려나.

"소개장을 가져왔는데……."

"그래요?"

여자는 순순히 소개장을 받아들었다.

"잠깐 기다리세요."

일단 됐다는 생각에 나는 만족스러워 혼자서 싱글거렸다. 그러나 문제는 그 다음이었다. 잠시 후 여자가 다시 정원 쪽에서 다가왔다.

"무슨 용무신가요?"

이런 곤란하다. 간단하게 할 얘기가 아니다. 차마 소개장의 문구대로 말할 수도 없고.

"가르침을 받기 위해 왔습니다."

그건 마치 검객 같다. 주저주저하고 있는 사이에 갑자기 짜증이 밀려왔다.

"대체 선생님이 계시긴 한 겁니까?"

"계시지요."

싱글벙글 웃고 있다. 분명 나를 바보 취급하고 있는 것 같다. 만만하게 보는 건가.

"소개장을 읽어보셨습니까?"

"아니오."

천연덕스러운 얼굴이다.

"뭐야!"

나는 이 집 전체에 짜증이 났다.

"일하시는 중인데."

묘하게 어린애 같은 말투다. 말이 좀 짧은 거 아닌가? 여자는 가볍게 고개를 갸웃거리며 물었다.

"다음에 오실래요?"

허울 좋은 문전박대다. 누가 그런 수법에 순순히 당할 줄 알고.

"언제쯤 한가해지실까요?"

"글쎄요. 이삼 일쯤 지나면 어떠시려나."

요령이라고는 눈곱만큼도 없다.

"그럼."

나는 가슴을 펴고 대답했다.

"5월 3일에 다시 오겠습니다. 그때는 잘 부탁드립니다."

그리고는 홱 하고 여자를 째려봐줬다.

"네, 뭐."

여자는 미덥지 않은 대답을 하고는 역시 웃고 있다. 문득 설마 미친 여자는 아니겠지, 라는 생각이 들었다.

결국 이렇다 할 수확이 없었다. 나는 맥 빠진 얼굴로 집으로 돌아왔다. 왠지 지독하게 지쳐서 형에게 보고하는 것도 귀찮았다. 형은 세세한 부분까지 꼬치꼬치 캐물었다.

　　"그럼 그 여자가 누구냐가 문제인데… 몇 살쯤이었어? 예뻤어?"

　　"봐도 모르겠더라고. 미친 여자가 아닌가 싶기도 했고."

　　"설마. 그럼, 역시 하녀일 거야. 비서를 겸한 하녀 같은 거지. 여학교는 졸업했을 테니까. 열아홉, 아니 스무 살이 넘었을지도 모르겠다."

　　"다음번에 형이 가면 되겠네."

　　"경우에 따라서는 내가 가야 할지도 모르지만, 아직 그럴 필요는 없는 거 같아. 너는 그렇게 풀이 죽어 있시만, 내가 보기에는 전혀 실패한 게 아니야. 너로서는 아주 잘 해낸 거야. 5월 3일에 다시 오겠다고 확실히 말하고 온 것만으로도 대성공이지. 내 생각에는 그 여자가 너에게 호감을 갖고 있는 거 같아."

　　나는 웃음을 터뜨렸다.

　　"아니, 정말이야."

　　형은 진지했다.

　　"보통의 문전박대와는 좀 다른 거 같아. 희망이 있어. 일하는 동안에는 절대 면회사절이라는 규칙을 정해두었지만, 특별히

너를 위해 어떻게든 해줄까 생각했던 거지. 하지만 안주인이나 누군가의 방해를 받아 할 수 없었을 거야."

형의 해석은 지나치게 긍정적이다.

"분명 그럴 거야. 그러니까 다음번에는 너도 그 여자를 째려보거나 하지 말고 좀 더 예의 바르게 대하는 거야. 제대로 인사도 하고."

"아차, 오늘은 모자도 안 벗었다."

"그것 봐. 모자도 벗지 않고 그저 째려보기만 했다면 다른 사람 같았으면 바로 경찰서에 끌려갔을 거라고. 그 여자가 이해해 주었기 때문에 가까스로 면한 거지. 다음번에는 제대로 해야 돼."

하지만 나는 절망했다. 예술의 길 또한 평범한 샐러리맨들의 노력과 똑같이 세속적인 노력이 필요할 것이라는 각오는 하고 있었으니 그런 일에 실망한 것은 아니다. 나는 오늘 사이토 씨 저택에서 돌아오면서 나의 힘이 얼마나 보잘 것 없는지를 깨닫고 절망한 것이다.

사이토 씨와 나는 달라도 너무 많이 달랐다. 이렇게 하늘 위의 구름과 잡초만큼의 거리가 있으리라고는 전혀 생각지도 못했다. 야, 하고 말을 걸면 야, 하고 답해 줄 듯한 기분이 들었었다. 이 무슨 천진난만한 생각이란 말인가. 오늘은 정말 그와 내

가 다른 인종이 아닐까 하는 생각이 들었다.

노력하면 안 되는 일은 없다고들 하지만, 아무리 노력해도 안 되는 일이 이 세상에는 있는 것은 아닐까 싶은 생각에 진절머리가 났다. '최고'가 되겠다는 이상이 사라졌다. 위대해지겠다는 노력이 바보스러워 보였다. 나에게는 도저히 사이토 씨와 같은 아성이 생길 것 같지 않았다.

밤에는 형에게 끌려서 물랭루주를 보러 갔다. 재미없었다. 하나도 즐겁지 않았다.

5월 3일. 수요일.

맑음. 학교를 쉬고 사이토 씨 저택으로 터벅터벅 걸어갔다. 터벅터벅이라는 표현은 절대 과장이 아니었다. 정말 우울한 기분이었다.

그런데 오늘은 그다지 나쁘지 않았다. 아니, 그렇게 좋지도 않았다. 하지만 어쩜 좋은 쪽일지도 모른다.

사이토 씨의 저택 앞에 가보니 자동차가 한 대 서 있었다. 현관 벨을 누르려고 하는데 갑자기 현관 안쪽이 소란스러워지더

니 드르륵 문이 열렸다. 그리고는 작은 체구의 마른 할아버지가 나와서 종종걸음으로 내 앞을 지나갔다. 사이토 씨였다. 그 뒤를 따라 지난번 여자가 가방과 지팡이를 들고 당황한 듯 뛰어나왔다.

"어머! 지금 막 나가시는 길이에요. 잘됐네. 얘기해 보세요."

나는 모자를 벗고 살짝 그 여자에게 인사를 한 뒤 바로 사이토 씨의 뒤를 쫓아가서 소리쳤다.

"선생님!"

사이토 씨는 뒤도 돌아보지 않고 종종거리며 걸어가더니 문 앞에서 기다리고 있는 자동차에 냉큼 올라타 버렸다. 나는 자동차 창문을 향해 뛰어갔다.

"츠다 씨로부터의 소개장……."

내가 말을 걸자 무서운 눈초리로 힐끗 나를 보았다.

"타지."

낮은 음성이었다. 됐다! 나는 차문을 열고 사이토 씨 바로 옆에 털썩 앉았다. 아차, 운전석 옆에 타는 게 예의였나? 하지만 일부러 다시 갈아타는 것도 멋쩍어서 그 자세로 가만히 앉아 있었다.

"어머, 옆자리에 앉았네."

여자는 창문으로 가방과 지팡이를 사이토 씨에게 건네면서

말했다.

"지난번에는 화가 잔뜩 나서 돌아갔다고요."

변함없이 싱글벙글 웃으면서 나와 사이토 씨의 얼굴을 번갈아보았다.

사이토 씨는 언짢은 듯 미간에 주름을 세우고는 아무 말도 하지 않았다. 역시 무섭다. 조수석에 앉을 걸 그랬다는 생각이 다시 한번 들었다.

"다녀오세요."

자동차가 출발했다.

"어느 쪽으로 가십니까?"

내가 물었다. 사이토 씨는 답이 없다. 5분 정도 지난 후에 입을 열었다.

"간다."

무거운 말투. 무척 쉰 목소리였다. 얼굴은 노배우처럼 단정하고 아름다웠다. 또 잠시 동안 말이 없다. 매우 거북하다. 시시각각 더해 오는 압박이 견디기 힘들었다.

"그렇게까지."

알아듣기 힘들 정도로 낮은 음성이다.

"화를 내고 돌아 갈 필요는 없지 않나."

"네에."

나도 모르게 고개를 꾸벅 숙였다. 그러니까 조수석에 앉으면 좋았을 걸.

"츠다 군과는 어떻게 아는 사이지?"

"네, 형이 소설을 배우고 있습니다."

대답은 했지만 사이토 씨가 듣고 있기는 한 건지 아무런 반응이 없다. 잠시 동안 시간이 흘렀다.

"츠다 군의 편지는 여느 때처럼 요령이 없더군."

역시 그랬다. 그것만으로는 아무것도 알 수가 없지.

"배우가 되고 싶습니다."

결론만 말했다.

"배우."

전혀 놀라지 않는다. 그리고는 또 아무 말이 없다. 나는 정말 속이 바짝 타들어갔다.

"좋은 극단에 들어가서 제대로 배우고 싶습니다. 어떤 극단이 좋은지 가르쳐 주십시오."

"극단."

낮게 중얼거리고는 또 한동안 말이 없다. 정말 답답해 죽겠다.

"좋은 극단."

또 한 번 중얼거리더니 이번에는 큰소리로 말했다.

"그런 건 없어."

나는 깜짝 놀랐다. 양해를 구하고 자동차에서 내려달라 할까 생각했다. 도저히 말이 통하지 않는다. 이런 게 오만이란 걸까? 괜한 짓을 하고 있다는 생각이 들었다.

"좋은 극단이 없습니까?"

"없어."

태연한 모습이다.

"이번에 가모메자 극단에서 선생님의 〈무가 이야기〉가 상연된다지요?"

나는 화제를 전환해 보았다.

아무런 답이 없다. 느슨해진 가방끈을 매만지고 있다.

"그곳에서."

갑자기 전혀 예상치도 못한 시점에 말을 꺼낸다.

"연수생을 모집하고 있어."

"그렇습니까? 거기에 들어가는 게 좋을까요?"

나는 의욕을 보이며 물었다. 드디어 본론에 들어가기 시작했다고 생각했다.

답이 없다.

"역시 안 될까요?"

답이 없다. 가방을 계속 만지작거리고 있다.

"아무나 응모할 수 있으려나."

일부러 혼잣말처럼 중얼거려 보았다.

아무런 반응이 없다.

"시험을 보겠지요?"

이번에는 강하게 다그치듯 물어보았다.

드디어 가방의 수선이 끝난 것 같다. 창밖을 내다보며 그는
답했다.

"모르지."

나는 이제 아무것도 묻지 않겠다고 다짐했다. 자동차는 스루
가다이 M대학 앞에서 멈췄다. M대의 정문에 큰 간판이 세워
져 있고, 그곳에는 사이토 이치조우 특별 강연이라고 쓰여 있
었다.

내가 내리려고 하자 사이토 씨가 물었다.

"자네는 어디서 내리나?"

그럼 이 차로 목적지까지 타고 가도 되는 건가?

"고우지마치입니다."

나는 두려움에 몸을 약간 움찔하며 말했다.

"고우지마치."

사이토 씨는 잠깐 생각하고는 말했다.

"멀군."

안 되겠다고 생각한 나는 바로 내렸다.

"실례 많았습니다."

내가 큰소리로 정중하게 인사를 했지만, 사이토 씨는 뒤도 돌아보지 않고 성큼성큼 문 안으로 들어가 버렸다. 정말 대단한 양반이다.

전차를 타고 바로 집으로 돌아왔다. 형이 기다리고 있다가 오늘의 일을 하나하나 캐물었다.

"정말 듣던 대로 대단한 위인이군."

형도 쓴웃음을 지었다.

"정상은 아니야, 분명."

"아니야. 매우 빈틈없는 사람이야. 세계적인 문호라 불리는 사람이 그 정도도 안 해서야 되겠어."

형은 역시 약간 무른 것 같다.

"근데 너도 참 잘도 끈덕지게 버텼네. 의외로 뻔뻔한 면이 있어. 하룻강아지 범 무서운지 모르는 것과 비슷한 꼴이지만 어쨌든 대성공이야. 무심코 한 일이 뜻밖에 좋은 결과를 가져온다고, 너에게 살짝 호의를 갖게 했을지도 몰라."

"그게 무슨 바보 같은 소리야. 도대체가 아무 말도 해주지 않았다니까. 기분 나빴다고."

"아니, 확실히 호의를 갖고 있어. 함께 자동차에 타게 했다는

것은 예삿일이 아니라고. 생각해보면 그 여자가 잘 얘기해 두었던 거지. 츠다 씨의 소개장 역시 의외로 보이지 않는 부분에서 큰 역할을 하고 있을지도 몰라. 기껏 받아와서 나쁜 소리를 해서는 안 돼. 지금에 와서 생각해 보니 훌륭한 소개장인 것 같은 기분도 들어. 우선 대성공이야. 그럼 이제 가모메자에 전화해서 연구생 모집에 대해 문의해 봐야겠다."

혼자서 흥분하고 있다.

"하지만 가모메자가 좋다고는 말하지 않았어."

"나쁘다고도 하지 않았잖아?"

"몰라, 라고 했어."

"그걸로 된 거야. 나는 사이토 씨의 기분을 알 것 같아. 역시 사이토 씨는 바닥부터 시작해서 세상 물정에 능한 사람인 거야. 뭐 그 정도쯤에서 조금씩 시작해보면 좋겠다는 뜻이겠지."

"그런 건가?"

가모메자 사무실의 전화번호를 찾아내는 것조차 쉽지는 않았다. 형이 긴자의 극단가에서 일하고 있는 지인에게 부탁해서 겨우 알아냈다.

"그럼 지금부터는 뭐든지 너 혼자서 해 봐."

형은 그렇게 말하면서 나에게 수화기를 넘겼다. 매우 긴장됐다.

가모메자의 사무실에 전화를 걸었더니 어떤 여자가 받았다.

유명한 여배우일지도 모르는 그녀는 애교와는 거리가 먼 시원 시원한 말투로 정중하게 설명해 주었다. 자필 이력서, 학부형 의 승낙증서 한 통 외에 명함판 상반신 최근 사진 한 장씩을 5 월 8일까지 사무실로 제출할 것.

"5월 8일? 그럼 금방이네요?"

가슴이 두근거려서 목이 잠겼다.

"그래서? 시험은요?"

"9일에 신토미초의 연습실에서 합니다."

"에헤헤."

묘한 목소리가 튀어나왔다.

"몇 시부터 하나요?"

"오후 1시 정각에 연습실에 보여서 합니다."

"과목은? 과목은요? 어떤 시험을 칩니까?"

"그건 알려드릴 수 없습니다."

"네에헤."

또 다시 묘한 목소리가 나왔다.

"감사합니다."

전화를 끊었다.

깜짝 놀랐다. 5월 9일. 이제 일주일 밖에 남아 있지 않았다. 아무것도 준비할 수가 없다.

"간단한 시험일 거야."

형은 태평하게 말했지만 그럴 수는 없다. 나는 이제부터 우리나라 최고의 배우가 되어야 하는 남자다. 그런 사람이 연극의 세계에 첫발을 내딛는데 곤란한 답안을 쓴다면, 평생 동안 지울 수 없는 오점을 남기게 된다. 나는 반드시 이 첫 시험을 아주 뛰어난 성적으로 치러야 한다. 학교 시험과는 전혀 다른 문제인 것이다.

학교 시험은 나의 미래의 생활과 직접적으로 연결되지 않지만, 이번 시험은 궁극적으로 내가 살아갈 길과 직접적으로 연결되어 있는 것이다. 여기에 실패한다면 이제 나는 어디에도 갈 곳이 없다. 학교의 시험은 실패해도 '뭐 어때, 나에게는 다른 좋은 길이 있어.' 라고 다소의 여유와 자신감을 가질 수 있지만, 이번 시험은 '뭐 어때' 따위 있을 수 없다. 더 이상 길이 없다. 아무것도 없다. 그야말로 최후의 보루이자 아슬아슬한 경지가 아닌가. 절대 느긋하게 있을 수 없다.

나는 완전히 진지해졌다. 자신은 조금 없지만, 그래도 나는 이제 저명하신 사이토 선생의 제자나 다름없다. 그쪽에서는 신경도 쓰지 않을지 모르지만, 나는 지금부터 그렇게 생각하고 자중하기로 결심했다. 그의 자동차에도 같이 탔지 않은가. 어설픈 답안은 쓸 수 없다. 사이토 씨의 체면에도 관계된 일이다.

이런 젠장! 머지않아 사이토 씨를 놀라게 해드리리라. 〈무가 이야기〉의 쥬베 역은 세리카와 스스무가 아니면 안 돼! 라고 사이토 씨가 말하게 된다면 얼마나 좋을까? 아니, 달콤한 공상이나 펼치고 있을 때가 아니다. 나는 아주 뛰어나고 우수한 성적으로 합격해야만 한다.

나는 지금까지 모아온 참고서를 모두 책상 위에 쌓았다.

푸도프킨의 『영화배우론』 코크레인의 『배우예술론』 타이로프의 『해방된 연극』 기시다 쿠니오의 『근대 희극론』 오사나이 카오루의 『연극입문』 고미야 토요타카의 『연극논집』 그리고 『츠키지 소극장사』와 『연출론』, 『영화배우술』, 『연출자 노트』, 형이 빌려준 『배우 논어』 등. 우선 스무 권 정도 되는 참고서를 9일까지 읽어볼 생각이다. 그러고 나서 영어와 프랑스어 단어도 조금 외워두고 싶다.

착실하게 해야 한다. 오늘밤에는 지금부터 코크레인의 『배우예술론』과 사이토 씨의 『연극 인생 50년』을 독파할 생각이다.

내일은 사진관에 가야 한다.

5월 8일. 월요일.

　　　　　비. 오늘은 학교를 빠졌다. 이제는 모든 게 뒤죽박죽, 뭐가 뭔지 제대로 알 수 없을 지경에 이르렀다. 이 귀중한 일주일을 대체 어떻게 보냈는지. 학교에 가도 안절부절못해서 괜스레 싱글벙글거리고 집에 돌아와서는 하루 종일 방청소만 하고, 참고서는 한 권도 읽지 못했다. 그저 방안을 왔다갔다 할 뿐이다.

　기분은 점점 나락으로 떨어지고 이렇게 일기를 쓰고 있는 지금 이 순간에도 손이 떨리고 있다. 나는 계속 이렇게 굉장한 긴장감 속에, 간이 모두 졸아붙어 텅 비어 버린 것 같은 공허함 속에 살고 있다. 그럼에도 불구하고 끊임없이 두근거려서 계속해서 화장실을 들락거리고 그래! 공부하는 거야! 라는 흥분으로 몸을 부르르 떨며 방으로 돌아와서는 또 다시 방 정리를 하고 있다.

　어떻게든 마음을 비울 수는 없을까? 아무래도 안정이 되지 않는다. 말하고 싶은 것, 쓰고 싶은 것이 산더미처럼 쌓였다. 하지만 쓸데없는 흥분에 가슴이 두근거려서 가만히 앉아 있을 수가 없다. 그렇게 그냥 괜히 방 정리만 하고 있다.

　이쪽의 것을 저쪽으로 옮기고 저쪽 것을 이쪽으로 옮겨오며

똑같은 일을 반복하는 게 마치 혼자서 굿거리장단에 맞추어 춤을 추는 꼴이다. 부끄러운 일이지만 실은 성경책도 효과가 없었다. 오늘 아침부터 세 번이나 슬쩍 펼쳐보았지만 조금도 머릿속에 들어오지 않는다. 정말 부끄러웠다. 더는 안 되겠다. 그냥 자자. 오후 여섯 시. 염불이라도 외우고 싶다. 하나님과 부처님까지 완전 뒤죽박죽이다.

잠시 눈을 부친 후 다시 또 벌떡 일어났다. 날이 저무니 마음도 조금씩 안정되기 시작했다. 어제 사진관에서 보내온 명함판 사진을 보았다. 똑같은 것을 3장 보내줬는데, 그 중에 얼굴색이 검고 그늘이 있어 보이는 것을 골라서 이력서와 함께 어제 속달로 보냈다. 어째서 내 얼굴은 이렇게 깐 마늘처럼 밋밋할까. 미간에 주름을 만들어 복잡한 일굴처럼 보이려 했지만, 바르르 떨리면서 주름이 생겼나 싶으면 바로 사라져 버린다. 입을 시옷자로 만들고, 코의 양측에 깊은 주름을 만들고 싶었는데 잘 되지가 않는다. 입이 너무 작아서 그럴지도 모른다. 양쪽 아래로 처지는 게 아니라 뾰족해진다. 입을 아무리 뾰족하게 한다 한들, 그늘이 있는 얼굴은 되지 않는다. 바보처럼 보일 뿐이다.

"네 얼굴은 배우와 맞지 않는 얼굴이다."

내일 시험장에서 이런 선고를 받으면 어떻게 하지? 나는 그 순간부터 그야말로 '산송장'이 되는 것이다. 살아 있어도 의미

없는 인간이 된다. 아, 나에게 과연 연극 배우로서의 재능은 있는 걸까? 모든 것은 내일 결정된다. 또 다시 방 정리가 하고 싶어졌다. 형이 왔다.

"이발소는 다녀왔어?"

아직 가지 않았다. 빗속을 허둥지둥 달려 이발소에 갔다. 이발소에서 드보르작의 '신세계'를 들었다. 라디오 방송이었다. 좋아하는 곡이지만 아무래도 마음속에 들어오지 않는다. 차라리 커다란 씨름판의 시작을 알리기 위한 북소리 같은 음악이 지금 나의 불안한 기분에 딱 맞을지도 모른다. 하지만 그런 음악은 전 세계를 다 찾아봐도 없을 것이다.

이발소에서 돌아와서 형의 권유로 대사 연습을 조금 해보았다. 안톤 체홉의 희극 『벚꽃 정원』의 로파힌.

형에게 여러 가지 지적을 받았다. 자신의 소리를 그대로 낼 것. 자연스럽게 말할 것. 좀 더 배에 힘을 주고 확실하게 말할 것. 너무 몸을 움직이지 말 것. 턱을 잡아당기지 말 것. 입주변의 근육을 좀 더 부드럽게. 생각보다 혹독했다. 입을 시옷자로 꺾으려고 아까 너무 노력했던 탓이다.

"너는 시옷 발음이 잘 안 되는 것 같아."

이 말은 가슴이 아팠다. 스스로도 어슴푸레 느끼고 있던 것이다. 혀가 너무 긴 건가.

"나의 망언을 깊이 사과할게."

형은 웃으며 말했다.

"너는 나 같은 놈은 전혀 상대도 되지 않을 정도로 잘해. 하지만 내일은 진짜 배우들 앞에서 하는 거니까 단단히 각오하라고 오늘 밤은 일부러 혹독하게 평해서 압박해 봤는데. 아주 잘했어."

나는 떨어질지도 모른다. 마음이 천 갈래 만 갈래로 흐트러진다. 아무래도 오늘의 일기는 여느 때와 다른 것 같다. 확실히 정신도, 아니 정신이 이상하다면 미친 것이겠지. 설마 미친 것은 아니겠지만 오늘밤은 이상하다. 문장도 횡설수설 엉망진창이다. 이리저리 엉클어져 몹시 혼란스럽다.

이래서 어떻게 하지? 내일은 아니, 이미 열두 시가 넘었으니 오늘이다. 오늘 오후 1시에는 시험이 있다. 어떻게는 해야지라고 생각하지만 아무것도 손을 댈 수도 어찌할 방법도 없다. 만년필에 잉크라도 넣어 두고 자기로 하자. 생각해보면 내일의 시험에 실패한다면 나는 죽어야만 하는 몸이다. 손이 떨린다.

맑음. 오늘도 학교를 쉬었다. 중요한 날이니 어쩔 수 없다. 어젯밤에는 계속 꿈을 꾸었다. 기모노 위에 속옷을 입은 꿈이었다. 거꾸로다. 이상한 모습이었다. 불길한 꿈이었다. 나쁜 징조라는 생각이 들었다.

하지만 오늘은 근래 보기 드문 좋은 날씨였다. 아홉 시에 일어나서 천천히 목욕을 하고 열한 시 반에 출발했다. 오늘은 형이 문 앞까지 배웅해주지 않았다. 이제 괜찮다고 생각한 것 같다. 사이토 씨를 만나러 갈 때에는 나보다 더 긴장하고 위로해주더니, 오늘은 그야말로 느긋하다. 시험보다 사이토 씨 쪽이 더 큰 문제라고 생각하는 걸까? 형은 학교 시험이든 뭐든지 아무래도 시험을 너무 쉽게 보는 경향이 있다. 입학시험에 떨어지는 가슴 아픈 경험이 없기 때문일지도 모른다. 하지만 형이 이제 괜찮다고 낙천적으로 생각하고 있을 때 내가 보기 좋게 떨어진다면 그 괴로움, 죄책감은 더 심할 것이다. 조금 더 나에 대해 걱정주면 좋을 텐데. 나는 또 떨어질지도 모른다.

출발 시간이 너무 빨랐다. 연습실은 금방 찾을 수 있었다. 어느 건물의 3층이었다. 도착한 것은 정오가 조금 지난 시간이었다. 안의 상황을 살펴볼 생각으로 노크해봤지만 대답이 없다.

아무도 없는 것 같다. 포기하고 밖으로 나갔다.

따뜻한 봄. 이마에 땀이 배어나온다. 시원한 것이 먹고 싶어서 쇼와 거리의 작은 식당에 들어가서 소다수를 마시고, 카레라이스를 먹었다. 딱히 배가 고픈 것은 아니었지만, 뭔가 불안해서 먹지 않고서는 견딜 수 없었다. 배가 부르니 머릿속이 멍해지면서 초조한 기분이 조금 진정되었다. 그곳을 나와 어슬렁어슬렁 가부키 극장 앞까지 가서 간판을 보고 다시 한 번 마음을 다잡고 연습실로 돌아갔다.

그야말로 정각 한 시였다. 나는 건물의 계단을 올라갔다. 우와! 있다, 있어. 스무 명 정도? 하지만 이들은 정말, 얼마나 생기 없는 얼굴들뿐이란 말인가.

학생이 다섯. 여성이 셋. 여자들의 상태가 참 심하다. 영원히 주인공 친구만 할 것 같은 얼굴이다. 그 외에는 모두 생활에 지친 얼굴을 한 채 양복을 입은 서른 전후의 사람들이다. 예술과는 전혀 인연이 없어 보이는 표정의 사장님 같은 사십대의 남자도 있었다. 이상한 기분이 들었다. 신기하게도 모두 시선을 내리깔고 복도의 벽에 기대어 서 있거나 쭈그리고 앉아서 소곤소곤 얘기를 하고 있다. 어두운 기분이 들었다. 여기는 패잔병들이 오는 곳이 아닐까. 나마저 왠지 비참해지는 것 같았다. 이 사람들이 오늘 나의 경쟁상대라고 생각하니 기운이 쭉 빠졌다.

싸우기도 전에 투지가 모두 사라져버릴 것 같았다. 내가 시험관이라면 슬쩍 보고 모두 낙제시킬 것이다. 오늘 아침까지의 대단했던 흥분과 긴장을 생각하니 속이 부글부글 끓어올랐다. 내가 바보가 된 것만 같았다.

잠시 후 사무실에서 중년의 부인이 나왔다.

"번호표를 나눠드리겠습니다."

기억에 있는 목소리다. 일주일 전에 전화로 문의했을 때 명확한 발음으로 '오후 한 시 정각'을 알려준 그 여성의 목소리였다. 목소리가 정말 아름다워서 혹시 여배우가 아닐까 생각했었는데. 여자는 역시 목소리만 듣고는 알 수 없는가 보다. 갈색의 헐렁한 외투를 입은 그녀는 여배우는 커녕, 아니 더는 말하지 말아야지. 그녀가 스스로 미인이라고 자부한 것도 아닌데 남의 얼굴에 대해 이러쿵저러쿵 비평하는 것은 죄악이다. 어쨌든 마흔 정도의 아줌마였다.

"이름을 부를 테니 대답해 주세요."

나는 3번이었다. 결석한 사람도 꽤 있었다. 40명 정도의 이름을 불렀지만 출석자는 약 절반이었다.

"그럼 1번 분, 들어오세요."

드디어 시작이다. 1번은 여자였다. 아줌마를 따라서 기운 없는 모습으로 안으로 들어갔다. 심하게 생기가 없었다. 연습실

의 내부는 두 층으로 나뉘어 있는 것 같았다. 1층은 사무실이고 그 안쪽이 연습실인 것 같다. 시험은 연습실에서 실시되는 모양이다.

들린다, 들려. 희곡을 낭독한다. 좋아!『벚꽃 정원』이다. 이 얼마나 행운인지. 예전부터 나는『벚꽃 정원』낭독은 잘 했었고, 어제 저녁에도 잠깐 연습했었다. 이제 다 됐다. 얼마든지 덤벼보라지! 나는 순식간에 자신감을 얻고 용기백배가 되었다. 그런데 그 여자의 낭독은 얼마나 서투르던지. 국어책이라도 읽는 것 같다. 군데군데 발음이 꼬여서 다시 읽고 있다. 저래서는 탈락이다. 완벽한 탈락. 나는 그녀의 모습이 우스워서 혼자 킥킥거리고 웃었지만, 다른 사람들은 싱긋거리지도 않고 그저 멍하니 있다.

"2번 분, 들어오세요."

벌써 1번이 다 끝난 것일까. 빠르군. 필기시험은 없나? 다음은 나다. 다리가 후들후들 떨려왔다. 왠지 병원에 와 있는 기분이다. 이제부터 대수술을 받아야만 한다. 간호사가 부르러 오길 기다리고 있다. 화장실에 가고 싶어졌다. 서둘러서 화장실에 다녀왔다.

"3번 분, 들어오세요."

"네."

나도 모르게 오른손을 높이 들었다.

사무실은 좁고 어두운데다 어찌나 살풍경한지 이런 곳에서 가모메자의 화려한 작품이 만들어진다 생각하니 감개무량해졌다.

1번과 2번은 거의 동시에 끝난 듯 같이 아래로 내려왔다. 나는 사무실의 아줌마 책상 앞에서 간단한 질문을 받았다. 아줌마는 의자에 살짝 걸터앉아 책상 위의 사진과 내 얼굴을 비교해보며 물었다.

"몇 살입니까?"

나는 살짝 모욕감이 느껴졌다.

"이력서에 쓰지 않았나요?"

나의 반문에 그녀는 당황한 모습으로 대답했다.

"네에, 그런데……."

그녀는 책상 위에 펼쳐진 내 이력서를 꾸부정하게 들여다보았다. 근시인 것 같았다.

"열일곱입니다."

내 말에 그녀는 안심한 듯 고개를 들었다.

"부모님 승낙은 확실합니까?"

이 질문도 불쾌했다.

"물론입니다."

조금 짜증을 내며 대답했다. 시험관도 아니면서 쓸데없는 것만 물어보고 있다. 이런 기회를 통해 스스로 시험관 흉내라도 내며 잘난 척할 생각인가.

"그럼, 들어가세요."

옆방으로 이동했다. 내가 들어가니 시끌시끌하던 이야기가 뚝 끊기면서 일제히 고개를 들어 나를 바라보았다.

다섯 명의 남자가 일렬로 이쪽을 향해 나란히 앉아 있다. 테이블은 세 개, 모두 사진에서 본 적이 있는 얼굴들이었다. 한가운데 앉아 있는 뚱뚱한 남자는 최근 두각을 나타내고 있는 극작가 겸 연출가인 요코자와 타로 씨가 틀림없다. 나머지 네 사람은 배우인 것 같았다. 입구에서 머뭇머뭇거리고 있으니 요코자와 씨가 큰소리로 나를 불렀다.

"이리 와봐."

품위라고는 찾아볼 수 없는 말투다.

"이번에는 다소 우수인가?"

다른 시험관들이 히죽거리며 웃었다. 방 전체의 분위기가 불쾌하고 저질스러운 느낌이었다.

"학교는 어디야?"

뭘 그렇게까지 으스대나 싶었다.

"R대입니다."

"나이는 얼마나?"

정말 싫다.

"열일곱입니다."

"아버지 허락은 얻었나?"

마치 내가 범죄자가 된 것 같아서 울컥 화가 치밀어 오른다.

"아버지는 안 계시는데요."

"돌아가셨습니까?"

배우인 우에스기 신스케 씨가 옆에서 분위기를 적절히 조절하려는 듯 상냥하게 물었다.

"승낙서에 쓰여 있을 텐데요."

뾰로통한 얼굴로 대답했다. 이게 시험인가? 어이가 없을 뿐이다.

"기골이 늠름하네."

요코자와 씨는 히죽히죽 웃으며 말했다.

"볼만은 하다, 이건가?"

"연기부입니까? 문예부입니까?"

우에스기 씨가 연필로 자신의 턱을 가볍게 두드리며 물었다.

"무슨 말입니까?"

잘 알아들을 수 없었다.

"연기자가 될 건가?"

요코자와 씨는 또 바보 같은 소리를 내며 말했다.

"극본가가 될 거야? 어느 쪽이야?"

"연기자입니다."

바로 대답했다.

"그렇다면 묻지."

진심인지 농담인지, 뭐가 뭔지 알 수가 없다. 요코자와 씨는 왜 성격이 이 모양인 걸까. 인상도 별로고, 복장 역시 전통복장 치고는 깔끔하지 못하다. 우리나라에서 손꼽히는 문화적인 극단 가모메자의 대표라는 사람이 이 정도라니, 완전 실망이다.

허구한 날 술만 마시며 공부와는 담 쌓고 살겠지. 아랫입술을 힘있게 내밀고는 잠시 생각하더니 갑자기 질문을 던졌다.

"연기자의 사명은 무엇인가?"

우문이다. 자칫하며 실소를 흘릴 뻔했다. 그야말로 엉터리 같은 질문이다. 질문자의 머리가 텅 비었다는 것을 그대로 드러내고 있다. 이런 질문에 대답을 해야 하나.

"그건 인간이 어떤 사명을 갖고 사는가와 같은 질문으로 그럴듯한 거짓 대답은 얼마든지 할 수 있지만. 저는 그 사명은 아직 모르겠습니다, 라고 대답하고 싶습니다."

"묘한 이야기를 하는군."

둔감하기는. 가벼운 말투로 그렇게 말한 요코자와 씨는 담배

케이스에서 담배를 하나 꺼내 입에 물었다.

"누구 성냥 없어?"

옆에 앉은 우에스기 씨에게 성냥을 빌려 담배에 불을 붙이고는 말을 이었다.

"연기자의 사명은 밖으로는 민중의 교화, 안으로는 집단생활의 모범적 실천 아니겠나?"

질렸다. 이 정도면 차라리 낙제하는 편이 오히려 명예스럽겠다.

"그건 연기자뿐만 아니라 교화단체의 사람이라면 누구나 가져야 하는 마음가짐이지요. 그래서 제가 아까 말씀드린 것처럼 그런 추상적인 대답은 얼마든지 할 수 있다는 겁니다. 하지만 그건 모두 거짓말입니다."

"과연 그럴까?"

요코자와 씨는 천연덕스러운 얼굴을 하고 있다. 너무나도 아무렇지 않은 얼굴이 어찌 그럴 수 있을지 놀라울 정도였다.

"그런 식의 생각도 재미있군."

이랬다저랬다 갈피를 잡을 수 없다.

"낭독을 부탁해볼까?"

우에스기 씨가 살짝 거드름을 피우며 말했다. 그의 태도에는 새초롬한 고양이처럼 어딘가 소극적이면서도 음침한 적의가 느껴졌다. 요코자와 씨보다 오히려 이쪽이 만만치 않은 상대라

는 기분이 들었다.

"뭘 부탁할까요?"

우에스기 씨는 역겨울 정도로 정중한 말투로 요코자와 씨에게 물었다.

"이 사람은 수준이 꽤 높은 것 같으니."

정말 최악이다. 비열하다. 이 세상에서 가장 구원받기 힘든 사람이리라. 이 자가 바로 우리나라 최고라고 칭송받는 우에스기 신스케의 정체란 말인가. 전혀 돼먹지 않았다.

"파우스트!"

요코자와 씨가 소리쳤다. 맥이 탁 풀렸다. 벚꽃 정원이라면 자신이 있었지만, 파우스트는 서투르다. 무엇보다 나는 파우스트를 통독조차 하지 않았다.

낙제, 나는 낙제다.

"이 부분을 부탁합니다."

우에스기 씨는 나에게 텍스트를 건네고는 낭독해야할 부분을 연필로 표시해 주었다.

"속으로 한번 읽어 보고 자신감이 생기면 낭독하십시오."

왠지 심술궂은 말투다.

나는 묵독했다. 발푸르기스 밤의 한 장면인 것 같다. 메피스토펠레스의 대사다.

거기 영감, 바위의 낡은 뼈대를 꼭 붙잡지 않으면

당신은 저 좁은 골짜기 속으로 떨어져 버릴 거야.

안개가 끼면서 밤의 어둠이 더욱 짙어졌다.

저 숲속의 나무들이 삐걱삐걱거리는 소리를 들어 봐.

부엉이도 깜짝 놀라 도망가는군.

들어봐. 영원한 녹음 궁전의 기둥이 갈라지고 있어.

나무줄기가 쿵쿵거리며 큰소리를 낸다.

뿌리는 삐걱삐걱, 윙윙거린다.

위아래가 뒤죽박죽 얽혀서 모두 우지끈 쓰러진다.

그리고 그 조각난 나무들로 뒤덮인 골짜기 위를

바람은 윙윙 불고 있다.

당신은 저 높은 곳과,

먼 곳, 가까운 곳에서 나는 소리가 들리는가?

이 산을 둥둥 떠다니면서

무서운 마법의 노래가 들려온다.

"저는 낭독할 수 없습니다."

대충 읽어보았는데 메피스토의 속삭임이 매우 불쾌하게 들렸다. 삐걱거리고 끵끵하게 울리는 불쾌한 효과음만 가득한 게, 정말 악마의 노래처럼 불건전하고 추잡한 느낌이 들었다.

도저히 낭독할 마음이 생기지 않았다. 낙제해도 좋다.

"다른 부분을 읽겠습니다."

되는 대로 아무렇게 텍스트를 펄럭펄럭 넘겨 조금 괜찮아 보이는 부분을 큰소리로 낭독했다. 제2부 꽃이 피는 들판의 아침. 눈을 뜨는 파우스트.

위를 보면 어떤가. 거인 같은 산봉우리가

벌써 장엄한 시간을 알려주고 있다.

저 봉우리는 나중에 우리 쪽으로

내려올 것이다. 영원의 빛을 먼저 받는 것이다.

지금 알프스의 푸른 초원 위에

새로운 광채와 산뜻함이 비쳐든다.

그리고 그것은 한발 한발 뻗어나간다.

태양이 솟는다. 그러나 안타깝게도 나는 이미 눈이 부셔

등을 돌린다. 스미는 눈의 통증을 느끼며.

그토록 바라던 희망이 신뢰와 노력으로

최고의 소망에 도달했을 때 성취의 문이

활짝 열렸음을 발견하면 이런 기분이리라.

그때 그 영원한 밑바닥에서 거대한 불길이

터져나오면 우리는 놀라서 멈추게 된다.

우리는 생명의 횃불에 불을 붙이려 했지만
우리 몸은 불바다에 잠겨버렸다.
이 어찌된 불이란 말이냐!
이렇게 타오르며 휘감아버리는 것은 사랑인가, 증오인가.
환희와 고통이 무섭게 교차하며 엄습하니
어수룩했던 예전의 옷에 몸을 숨기려
또 다시 지상으로 눈길을 돌리게 된다.

그러니 태양아, 나의 등 뒤에 그냥 있어라.
나는 저 바위틈으로 쏟아지는 폭포를
즐겁게 바라보고 있다.
수없이 떨어지는 폭포수는 수천의 갈래,
수만의 갈래가 되어 하늘 높이 공중으로
끝없이 튀어 오르고 있다.
그리고 이 거센 물줄기로 생겨난
오색찬란한 무지개가
아름답게 하늘에 다리를 그려내고 있다.
또렷한가 싶으면 금세 공중으로 흩어지며

향기롭고 시원한 살랑거림을 주위에 뿌리고 있다.

저 무지개가 인간의 노력의 자취다.

저것을 보고 생각한다면 보다 잘 알게 되리라.

인생은, 채색된 자취 위에 있다!

"훌륭해!"

요코자와 씨는 진심으로 칭찬해 주었다.

"만점이다. 삼 일 안으로 통지하지."

"필기시험은 없는 겁니까?"

이상하게 맥이 빠져서 나는 물었다.

"건방진 소리!"

제일 끝자리에 앉은 몸집이 작은 이세 료이치 씨가 느닷없이 성을 냈다.

"자네는 우리를 경멸하러 온 건가?"

"아니오."

나는 간이 콩알만 해졌다.

"하지만 필기시험도……."

횡설수설이다.

"필기시험은."

얼굴이 약간 파래진 우에스기 씨가 대답했다.

"시간 형편상 하지 않는 것입니다. 낭독만으로 대개 알 수 있으니까. 말해두겠는데 벌써부터 자기 마음대로 대사를 고르다니 있을 수 없는 일입니다. 배우의 자격으로 중요한 것은 재능이 아니라 역시 인격입니다. 요코자와 씨는 만점을 준다 해도 나는 당신에게 빵점을 줄 겁니다."

"그럼."

요코자와 씨는 아무 생각 없다는 듯 싱글벙글 웃으며 말했다.

"평균 50점이네. 뭐, 오늘은 그만 됐어. 다음은 4번, 4번!"

나는 가볍게 인사를 하고 나왔는데 마음 한구석이 흐뭇했다. 우에스기 씨는 나를 비난할 생각이었지만 나의 재능을 인정한다는 것을 고백한 꼴이 되어버렸기 때문이다.

"중요한 것은 재능이 아니라 역시 인격이다."

그는 이렇게 말했지만, 그렇다면 지금의 나에게 없는 것은 인격으로 재능은 충분하다는 것 아닌가. 나는 나의 인격에 대해서는 노력하고 있고, 언제나 반성하고 있으니 그쪽은 다른 이에게 칭찬을 받아도 오히려 낯간지러울 정도로 별로 기쁘지 않다. 또한 남에게 오해를 사서 악담을 들어도 '어디 두고 보십시오. 곧 알게 될 테니.'라고 할 수 있는 여유도 있다. 하지만 재능 쪽은 그야말로 하늘이 주신 것으로 아무리 노력해도 도달하지 못하는 무서운 벽이 있는 것만 같았다. 그런 재능이 나에

게 있다고 우리나라 최고라고 손꼽히는 배우가 얼결에 인정한 것이다.

아아, 기쁘다. 바라는 것을 얻지 못한다 해도 잘된 일이다. 나에게는 재능이 있다. 인격은 없지만 재능은 있다고 했다. 우에스기 씨는 인격을 판정할 수 없다. 거짓 판정이다. 그에게는 판정할 자격이 없다. 하지만 역시 재능에 대한 판정은 요코자와 씨보다 훨씬 정확할 것이다. 고수는 고수를 알아본다고 배우의 재능은 배우가 아니면 알 수 없다. 기쁜 일이다. 나에게는 배우의 재능이 있다고 한다. 이제는 낙제해도 상관없다. 나는 무서운 괴물의 목이라도 벤 듯 기고만장해져서 의기양양하게 집으로 돌아왔다.

"안 됐어. 끝났어."

나는 형에게 보고했다.

"보기 좋게 낙제야."

"뭐야, 그런데 어처구니없게 기쁜 얼굴을 하고 있잖아? 안 된 거 아니지?"

"아니, 안 됐어. 희곡 낭독은 빵점이었어."

"빵점?"

형은 진지한 얼굴로 되물었다.

"정말이야?"

"인격이 안 됐다고 하더라고. 근데 재능은……."

"뭘 그렇게 히죽히죽 웃고 있는 거야?"

형은 약간 기분이 나쁜 듯 말했다.

"빵점 받은 게 그렇게 좋아?"

"그런데 좋네."

나는 오늘의 시험에 대해 자세하게 형에게 말해 주었다.

"합격이다."

형은 내 이야기를 끝까지 다 듣고 나서 침착하게 판정을 내렸다.

"절대 낙제가 아니야. 삼 일 안에 합격통지가 올 거야. 하지만 기분 나쁜 극단이야."

"아주 글러먹었다니까. 낙제하는 편이 명예로울 정도야. 나는 합격해도 그 극단에는 들어가지 않을 거야. 우에스키 씨 같은 사람과 함께 공부하는 건 사절하겠어."

"그러네. 조금 실망이야."

형은 쓸쓸한 듯 웃었다.

"어때? 다시 한 번 사이토 씨에게 가서 상담해보지 않을래? 그런 극단은 싫다고, 네가 느낀 걸 솔직하게 말해보면 어떨까? 어느 극단이든 다 그러니까 참고 들어가라고 선생님이 말씀하시면 어쩔 수 없지만 들어가야겠지. 아니면 다른 좋은 극단을

소개시켜 줄지도 몰라. 어쨌든 시험은 쳤다고 보고만이라도 해두는 편이 좋을 거 같은데?"

"알았어."

마음이 무거워졌다. 사이토 씨는 왠지 무섭다. 이번에는 진짜 꾸중을 들을 것 같은 기분도 든다. 하지만 가야 한다. 가서 가르침을 얻는 것 밖에 다른 수가 없다. 용기를 내자. 나는 배우로서 재능이 있는 남자가 아닌가. 어제까지의 나와는 다르다. 자신감을 갖고 정진하자. 하루의 피로는 하루로 충분하다. 오늘은 왠지 그런 기분이 든다.

저녁 식사 후 나는 방에 틀어박혀 오늘 하루에 대한 긴 일기를 썼다. 오늘의 일로 부쩍 어른이 된 것 같았다. 발전! 이라는 말이 가슴에 사무치게 느껴졌다. 한 사람의 인간이란 매우 존경스러운 존재라는 것도 절실하게 느껴졌다.

5월 10일. 수요일.

　　　　　맑음. 아침에 눈을 뜨니 모든 것이 변해버린 것 같은 기분이 들었다. 어제까지의 흥분이 완전히 사라졌다. 오

늘 아침은 그저 엄숙한 기분 아니, 재미없는 기분이라고 하는 편이 맞을지도 모르겠다. 어제까지의 나는 확실히 기뻐 날뛰고 있었다. 어째서 그렇게 붕붕 뜬 기분으로 모험을 하고 왔는지 스스로도 이해할 수 없었다. 그저 이상할 뿐이다. 아련하고 슬픈 꿈에서 깨어난 것처럼 눈만 껌뻑거리며 앉아 있었다.

오늘 아침부터 나는 다시 평범한 인간이 되어 버렸다. 아무리 생각해봐도 나의 존재는 흘러가는 시간 속에 말뚝이라도 박은 것처럼 움직이지 않는다. 흥이라고는 찾아볼 수 없다. 바닥에 깊게 뿌리박힌 말뚝처럼 엄숙함마저 느껴졌다. 마음속에 희망의 꽃 한 송이 피어날 것 같지 않다. 어찌된 일일까? 학교에 가보았지만, 학생들이 모두 열 살 정도의 어린아이처럼 보였다. 그리고 끊임없이 그들의 부모에 대해서만 생각하고 있다. 언제나처럼 학생들을 경멸할 마음도 증오하는 마음도 없이 그저 그냥 바라보고 있다. 그마저 날아가는 참새 무리에 대한 동정심보다도 아주 약한 정도다.

지독하게 흥이 사라진, 절대 고독. 지금까지의 고독은 일종의 상대적 고독으로 상대를 지나치게 의식하며 허세를 부리듯 나온 고독이었지만, 오늘은 달랐다. 전혀 그 누구에게도 흥미가 없었다. 그저 시끄러울 뿐이다. 인생에는 이렇게 이상한 아침도 있는 것 같다.

환멸. 그래 그거다. 그 말만은 가능한 한 사용하고 싶지 않았지만, 아무래도 그보다 잘 어울리는 말이 없는 것 같다. 환멸. 진정한 환멸이다. 나는 대학에 환멸을 느낀다고 예전에도 흥분해서 쓴 적이 있는 것 같은데, 지금 생각해 보면 그것은 환멸이 아니라 증오, 적의, 타오르는 정열이었다. 진짜 환멸이란 그런 적극적인 것이 아니다. 그저 멍할 뿐이다. 멍한 엄숙이다. 나는 연극에 환멸을 느꼈다. 아아, 이런 말은 하고 싶지 않다. 하지만 왠지 진실 같다.

자살. 오늘 아침은 차분하게 자살을 생각했다. 진짜 환멸은 인간을 흐리멍덩해지게 하거나 자살하게 만드는 무서운 마귀와 같다.

확실히 나는 환멸을 느끼고 있다. 부정할 수가 없다. 하지만 살아있는 최후의 단 하나의 길에 환멸을 느낀 사람은 도대체 어떻게 해야 좋을까. 연극은 나에게 있어서 유일한 삶의 목표였다.

이건 심각하게 생각해볼 문제다. 연극을 시시하다고 생각하지는 않는다. 시시하다니 말도 안 된다. 시시하다고 생각했다면 거기에 분노를 느끼고 경멸하면서 위풍당당하게 다른 길로 뛰어들 수 있겠지만, 오늘 아침의 내 기분은 그런 것이 아니었다.

허무했다. 뭐가 어떻게 되든 상관없다. 연극. 그것은 틀림없이 훌륭한 것이겠지. 배우. 아아, 그것도 좋겠지. 하지만 나는 흔들리지 않는다. 건널 수 없는 틈이 생겨버렸다. 차가운 바람이 불어온다. 사이토 씨의 집에 처음 찾아갔을 때 허울 좋은 문전박대를 당하고 돌아왔을 때에도 이와 비슷한 느낌을 맛보았다. 세상이 바보 같은 게 아니라 세상에 살면서 노력하고 있는 내가 바보 같아지는 것이다. 암흑 속에서 혼자 하하하, 하고 웃고 싶은 기분이다. 세상에 이상 따위 있을 리 없다. 모두 초라하게 살고 있는 것이다. 인간이란 역시 먹기 위해 살고 있는 것이 아닐까 하는 기분이 들었다. 무미건조한 이야기다.

방과 후 어정어정 축구부 연습실에 들려보았다. 축구부에라도 다시 들어갈까 생각했다. 아무 생각없이 공이라도 차면서 평범한 학생으로 멍하니 생활하고 싶어졌다. 축구부 방에는 아무도 없었다. 합숙소 쪽에 있을지도 모른다. 하지만 합숙소까지 찾아갈 정도의 열정은 없어 그대로 집으로 돌아왔다.

집으로 돌아왔더니 가모메자에서 속달우편이 와 있었다. 합격이다.

'이번 심사 결과 다섯 명을 연구생으로 합격시켰다. 자네도 그 중 한 사람이다. 내일 오후 여섯 시 연습실로 오시오.'

대충 이런 내용이었다. 조금도 기쁘지 않았다. 이상할 정도로 덤덤한 기분이었다. R대 합격의 통지를 받았을 때가 그나마 이것보다 기뻤다. 나에게는 이제 연기자가 되기 위한 수업을 받을 마음이 없는 것이다. 어제는 우에스기 씨에게 배우로서의 재능을 다소 인정받았다는 사실만으로 괴물의 머리라도 뽑아 온 것처럼 싱글벙글하고 있었지만, 오늘 아침 눈을 떴을 때에는 그런 기쁨도 모두 잿빛으로 느껴졌다. '재능 따위 있어서 뭘 거야. 역시 인격이 소중하지.' 라고 진지하게 생각하게 되었다.

이런 감정의 기복은 어디에서 오는 걸까? 완전한 사랑을 얻은 자의 허무인가? 어제 가모메자의 시험시간에 감으로 골라서 읽은, 그 파우스트의 대사가 생각났다.

'성취의 문이 활짝 열렸음을 발견하면, 우리는 놀라서 멈추게 된다.'

예전부터 동경해오던 배우라는 길이 금방이라도 손에 잡힐 듯 열리기 시작하자 이내 싫증이 난 걸까?

"합격했는데도 별로 기뻐 보이지 않네?"

형도 그렇게 말했다.

"생각해 보고."

나는 진지하게 대답했다.

오늘밤에는 형과 재미없는 토론을 했다. 먹는 것 중에서 무엇이 가장 맛있는지에 대한 토론이었다. 서로 여러 가지 음식 맛에 정통한 척했지만, 결국 파인애플 통조림의 즙을 이길 것은 없다는 결론이 났다. 복숭아 통조림의 즙도 맛있지만, 역시 파인애플 즙에서 느낄 수 있는 상쾌함이 없다. 파인애플 통조림은 그 과실을 먹는 게 아니라 즙만을 먹는 거라는 것에 대해 얘기했다.

"파인애플 즙이라면 대접 가득히도 먹을 수 있지."

"응."

형도 나의 의견에 동의했다.

"거기에 잘게 깬 얼음조각을 넣어 마시면, 진짜 최고인데."

형도 실없는 생각을 하고 있다.

먹는 것에 대한 이야기를 했더니 괜히 배가 고파져서 미식가인 척하던 우리는 몰래 부엌으로 가서 주먹밥을 만들어 먹었다. 맛있었다.

허무함과 식욕은 뭔가 관계가 있는 것 같다.

형은 지금 옆방에서 소설을 쓰고 있다. 벌써 50장 이상이 된 것 같다. 200장 예정이라고 한다. 눈이 내리기 시작할 때, 라는

구절로 시작되는 아름다운 소설이다. 내게 10장 정도 읽게 해주었다. 완성되면 문학공론에 응모한다고 한다. 예전에는 그렇게 현상공모를 경멸하더니, 어찌된 일일까.

"현상공모에 응모하는 건 자신을 너무 함부로 굴리는 거 아니야? 작품이 아깝잖아."

내 말에 형은 반문했다.

"하지만 당선되면 상금이 2천만 엔이야. 돈이라도 받지 못한다면 소설 따위 바보짓이지."

매우 상스러운 표정을 지으며 말하는 형은 요즘 술도 자주 마시는 게 왠지 추락하고 있는 것은 아닌지 걱정이다.

무엇을 봐도 이상의 상실. 오늘 밤은 바보스러울 정도로 졸리다.

정의와 미소

5월 11일. 목요일.

흐림. 강한 바람. 오늘은 약간 충실한 하루였다. 어제의 나는 유령이었지만, 오늘은 다소 적극적인 생활인이었다. 학교에서 한 성경 강의가 재미있었다. 매주 한 번 교내 신부님의 특별 강의가 있는데 언제나 나에게는 이 시간이 가장 큰 즐거움이었다.

지지난주 목요일의 강의도 재미있었다. '최후의 만찬'에 대한 연구였는데, 만찬식의 13명이 각각 식탁의 어느 위치에 있었는지 그림을 해석해가며 명료하게 알려주었다. 나는 13명 모두 배를 깔고 엎드려 식탁에서 식사를 했다는데 놀랐다. 당시의 풍습으로 식탁 주변에 침대가 있고 그 침대에 각각 배를 깔고 엎드려 식사했다고 한다. 결국 다빈치의 '최후의 만찬'은 사실과는 달랐던 것이다. 러시아의 니콜라이 게이라는 화가가 그린 '최후의 만찬'의 그림은 모두 엎드려 있다고 한다. 그리스도의 정신과는 전혀 관계없는 일이지만 나는 매우 재미있었다. 아무래도 나는 먹는 것에 너무 관심이 많은 것 같다. 오늘도 역시 먹는 것에 대해 생각했다. 하지만 이 모든 것이 난센스로 끝난 것은 아니다. 조금 배운 것도 있었다.

오늘은 신부님이 구약의 신명기를 중심으로 강의했다. 신부

님은 결코 교단에 서서 강의하지 않는다. 비어 있는 책상에 자리를 잡고 앉아 학생들과 함께 공부하는 형태로 편안하게 이야기한다. 그런 수업은 기분이 매우 좋다. 모두와 즐거운 일에 대해 얘기하고 있는 것 같다. 오늘은 신명기를 중심으로 모세의 고생에 대한 이야기를 했는데, 나는 그 중에서도 모세가 민중의 먹을 것까지 신경 쓰는 것에 깊은 흥미를 느꼈다.

　'너희는 역겨운 것은 무엇이든지 먹어서는 안 된다. 너희가 먹을 수 있는 짐승은 이런 것들이다. 곧 소와 양과 염소, 사슴과 영양과 꽃사슴, 들염소와 산염소, 그리고 들양과 산양이다. 짐승 가운데 굽이 갈라지고 그 틈이 둘로 벌어져 있으며 새김질하는 짐승은 모두 너희가 먹을 수 있다. 그러나 새김질하거나 굽이 갈라졌더라도 이런 것들은 먹어서는 안 된다. 낙타와 토끼와 오소리는 새김질은 하지만 굽이 갈라지지 않았으므로 너희에게 부정한 것이다. 돼지는 굽은 갈라졌지만 새김질을 하지 않으므로 너희에게 부정한 것이다. 너희는 이런 짐승의 고기를 먹어서도 안 되고, 그 주검에 몸이 닿아서도 안 된다.
물에 사는 모든 것 가운데에서 이런 것은 너희가 먹을 수 있다. 지느러미와 비늘이 있는 것은 무엇이든 먹을 수 있

다. 그러나 지느러미와 비늘이 없는 것은 너희에게 부정한 것이므로 먹어서는 안 된다.

정결한 새는 무엇이든지 너희가 먹을 수 있다. 그러나 그것들 가운데에서 먹을 수 없는 것은 이러하다. 곧 독수리와 참수리와 수염수리, 새매와 검은 솔개와 각종 말똥가리, 각종 모든 까마귀, 타조와 쏙독새와 갈매기와 각종 매, 부엉이와 올빼미와 따오기, 사다새와 물수리와 가마우지, 황새와 각종 왜가리와 오디새와 박쥐다. 날개 달린 곤충은 모두 너희에게 부정한 것이므로 먹어서는 안 된다. 그러나 정결하고 날개 달린 것은 모두 너희가 먹을 수 있다.

너희는 저절로 죽은 것은 아무것도 먹어서는 안 된다.'

실로 세세한 부분까지 가르치고 있다. 얼마나 귀찮은 일이었을까. 모세는 모든 조류와 낙타까지 하나하나 스스로 시험 삼아 먹어보았을지도 모른다. 낙타는 얼마나 맛이 없었을까. 아무리 모세라도 얼굴을 찡그리고 이 녀석은 안 되겠다고 말했을 것이다. 선지자란 그저 입으로만 훌륭한 가르침을 설명하는 것이 아니다. 직접 민중의 생활을 도와주고 있다. 아니, 민중의 생활에 대한 현실적인 조력이 대부분이라고 해도 좋을지도 모

른다. 그리고 그 조력의 틈틈이 설교를 하는 것이다. 처음부터 끝까지 설교만 한다면 아무리 훌륭한 설교라도 민중은 복종하지 않을 것이다.

신약을 읽어봐도 그리스도는 병자를 고치고 죽은 자를 다시 살리거나 생선, 빵을 민중에게 나눠주는 등 대부분 그런 일들에 힘들어 했다. 열두 제자조차 먹을 것이 없어지면 금방 불안해져서 서로 수군덕거리기 일쑤였다. 마음이 온화한 그리스도도 결국에는 제자들을 혼냈다.

"아아, 신앙이 약한 자여, 빵 없는 것에 대하여 그렇게 심각하게 서로 이야기 하는가. 아직도 깨닫지 못했는가. 다섯 개의 빵을 오천 명에게 나누어 주고, 그 나머지를 몇 개의 바구니에 담고, 또한 일곱 개의 빵을 오천 명에게 나눠주고도 그 나머지를 몇 개의 바구니에 담은 것을 잊었는가. 빵의 일에 관계없는 것은 그 무엇도 믿지 못한단 말인가?"

그는 탄식하고 있었다. 그리스도는 얼마나 외로웠을까. 하지만 어쩔 수 없다. 민중은 그처럼 인색하다. 자신의 내일만 생각하고 있다.

신부님의 강의를 들으면서 여러 가지를 생각하다 문득 형광등처럼 가슴에 번뜩이는 것을 느꼈다. 아, 그렇구나! 인간에게 처음부터 이상 따위는 없다. 있어도 그것은 일상생활에 필요한

이상이다. 생활을 떠난 이상은 아아, 그것은 성스러운 길로 가는 것이다. 그리고 그것은 신의 아들의 길이다. 나는 민중의 한 사람에 지나지 않는다. 먹는 것에만 신경 쓰고 있다. 나는 이제 한 명의 생활인이 된 것이다. 땅을 기어 다니는 새가 되었다. 천사의 날개가 없어져버린 것이다. 아등바등한다고 한들 시작할 수 없다. 이것이 현실인 것이다. 속임수 같은 건 없다.

　'인간의 비참함을 알지 못하고 신을 다 알려는 것은 오만
　을 일으킨다.'

　아마 파스칼의 말이었던 것 같은데 나는 지금까지 스스로의 비참함을 알지 못했다. 그저 신이 가진 별만 보고 있었다. 그 별을 갖고 싶다고 생각하고 있었다. 그럼 언젠가 반드시 환멸의 쓴 잔을 마시게 되는 것이다. 인간의 비참함. 먹을 것만 생각하고 있다. 형이 언젠가 돈도 되지 않는 소설 따위 시시하다고 말했는데, 그건 인간이기 때문에 할 수 있는 말로 그것 한 가지로 형의 추락을 비난하려한 내가 틀렸을지도 모른다. 인간은 아무리 번지르르한 말을 한다 해도 한낱 인간일 뿐이다.

　'물질적인 굴레와 속박을 감수하라. 나는 지금 정신적인

속박에서만 너희를 풀어주는 것이다.'

그래 이거다. 비참한 생활의 꼬리를 질질 끌고다닐지라도 그럼에도 구원은 있다. 이상에 매진할 수 있을 것이다. 언제나 내일의 빵을 걱정하면서 그리스도를 따라 걷던 제자들 역시 결국에는 성자가 되었다. 나도 이제부터 완전히 다시 시작하는 것이다.

나는 인간의 생활조차 부정하려고 했다. 엊그제 가모메자의 시험을 치르면서 그곳에 줄지어 앉은 예술가들이 스스로의 하찮은 지위를 지키기 위해 얼마나 노력하는가를 보고 정나미가 떨어졌었다. 특히 우에스기 씨처럼 우리나라 최고의 진보적인 배우라는 사람이 나 같은 무명의 학생을 상대로 얼굴이 하얘질 정도로 경쟁의식을 불태우는 것이 한심스러웠다. 지금도 난 절대 우에스기 씨의 태도가 훌륭했다고는 생각지 않는다. 그렇다고 인간 생활 전체를 부정하려 했다는 것은 내가 너무 유난을 떨었다는 사실을 스스로 깨달아야 했다. 오늘 가모메자의 연습실에 가서 다시 한번 그 예술가들과 이야기를 잘 나눠볼까 하는 생각이 들었다. 스무 명의 지원자 중에서 선택받았다는 것만으로도 감사해야 하는 것인지도 모른다.

하지만 방과 후 교문을 나서는데 강렬한 바람이 불어오자 갑

자기 마음이 바뀌었다. 아무래도 아니다. 가모메자는 싫다. 그들은 그저 취미 수준의 예술 애호가들일 뿐이다. 그곳에는 높은 이상의 향기가 없을 뿐만 아니라 생활의 그림자조차 희박하다. 연극으로 생활을 하고 있다고 느낄만한 강항 근성이 전혀 없다. 연극을 허영으로 하고 있다는 말이라도 하고 싶은 걸까? 그저 분위기만 그럴싸한 취미를 즐기는 이들이 모여 있는 것 같았다. 나에게는 아무래도 부족한 느낌이다. 나는 이제 달콤한 몽상가가 아니다. 이렇게 말하면 이상하겠지만 프로페셔널로 살고 싶다.

다시 사이토 씨에게 가봐야겠다. 오늘은 무슨 일이 있어도 나의 각오를 알리고 와야겠다는 생각이 들었다. 그리고 그런 결의를 했을 때 내 몸은 훈훈한 신의 은총에 둘러싸여 있는 듯한 기분이 들었다. 인간의 비참함, 자신의 추함에 절망하지 말고 노력해야 한다. 자신의 추한 꼬리를 숨기려 하지 말고, 그것을 질질 끌고 한 발 한 발 비탈길을 올라야 한다. 이 비탈길의 끝에 있는 것이 천국인지, 그건 알 수 없다. 그 끝에 있는 게 반드시 천국이라고 단정 짓는 것은 신을 모르는 사람들이 하는 말이다. 그저 신의 뜻대로 하소서.

강한 결의와 함께 사이토 씨 저택을 찾아갔지만 아무래도 그 집은 어딘가 불편하다. 문을 미처 통과하기도 전부터 묘한 압

박이 느껴진다. 다윗의 요새도 이보다는 덜할 것 같았다.

벨을 눌렀다. 나온 사람은 지난번 그 여자다. 역시 형의 추정대로 비서 겸 하녀 정도인 것 같다.

"어머, 어서 오세요."

여전히 어색함이 없다. 나를 만만하게 보고 있다.

"선생님은?"

이런 여자에게는 용무가 없다. 나는 미소조차 짓지 않고 물었다.

"있어요."

조심성 없는 말투다.

"중대한 용건으로 좀 뵈었……."

여자는 갑자기 웃음이 터져나와 양손으로 입을 막고는 얼굴이 새빨개지도록 웃었다. 기분이 무척 나빴다. 나는 이제 더 이상 예전처럼 아이가 아니다.

"뭐가 이상합니까?"

나는 조용한 어투로 묻고는 말을 이었다.

"선생님을 꼭 뵙고 싶습니다."

"네, 네."

그녀는 고개를 끄덕이더니 포복절도하듯 안으로 들어가 버렸다. 내 얼굴에 검댕이라도 묻었나? 무례한 여자다.

잠시 후 이번에는 약간 온순해진 얼굴을 하고 왔다.

"죄송하지만, 선생님이 감기 기운이 있으셔서 오늘은 누구도 면회할 수 없을 것 같습니다. 용무가 있으면 이 종이에 적어주세요."

그녀는 종이와 만년필을 내밀었다. 나는 맥이 쭉 빠졌다. 연로한 대가라는 사람이 꽤나 자기 멋대로라는 생각이 들었다. 그만큼 생활력이 강하다는 말을 하고 싶은 건가? 어쨌든 대단한 양반이라 생각했다.

나는 그냥 포기하고 현관 입구의 마루에 앉아 짧은 글을 남겼다.

'가모메자에 응시해서 합격했습니다. 하지만 시험이 매우 엉터리였습니다. 한 가지를 보면 열을 알 수 있다고 했습니다. 오늘 오후 여섯 시에 가모메자의 연습실로 오라는 통지를 받았지만 가고 싶지 않아서 망설이고 있습니다. 가르쳐 주십시오. 깊이 있는 가르침을 얻고 싶습니다. 세이카와 스스무.'

나는 여자에게 종이를 건넸다. 좀처럼 잘 써지지가 않았다. 여자는 그것을 갖고 안으로 들어갔다. 오랫동안 나오질 않는다. 뭔가 불안하다. 산사에 혼자서 덩그러니 앉아 있는 기분이었다.

갑자기 소리를 내어 웃으면서 여자가 나왔다.

"여기 답장."

아까 나온 종이와 달리 책을 찢은 것 같은 작은 종이조각을 내밀었다. 거기에는 흘려 쓴 붓글씨가 쓰여 있었다.

－슌쥬자

그게 다였다. 그 외에는 아무 것도 쓰여 있지 않았다.

"뭡니까? 이건?"

나는 정말 화가 났다. 사람을 갖고 노는 것도 정도가 있다.

"답장이에요."

여자는 내 얼굴을 올려다보며 무심하게 웃고 있다.

"슌쥬자에 들어가라는 말입니까?"

"그렇지 않을까요?"

아무렇지 않게 답한다.

나 역시 슌쥬자의 존재는 알고 있다. 하지만 슌쥬자는 그야말로 대단한 가부키 배우들만 모여 있는 극단이다. 도저히 나 같은 학생이 어슬렁어슬렁 가서 단원이 될 수 있는 극단이 아니다.

"이건 무리예요. 선생님의 소개장이라도 있으면 어쨌든……"

그때 갑자기 천둥번개라도 치는 듯한 고함소리.

"혼자서 해!"

나는 기겁을 했다. 있다! 그가 이불 속에 숨어서 듣고 있었다. 깜짝 놀랐다. 지독한 영감이다. 나는 간신히 도망치듯 그 집을 빠져나왔다. 대단한 영감이다. 정말 놀랐다. 집으로 돌아와서 형에게 오늘의 자초지정을 들려주었더니 형은 배를 잡고 웃었다. 나도 같이 웃었지만 조금 분한 기분도 있었다.

완전히 당했다. 하지만 사이토 선생님(이제부터는 사이토 선생님이라 부를 것이다)의 묘한 고함소리에 최근 이삼 일 동안의 잿빛 구름까지 모두 날아가 버린 느낌이었다. 혼자서 해내리라. 슌쥬자. 하지만 도대체 어떻게 하면 좋을지 전혀 가늠이 되지 않는다. 형도 당혹스러운 것 같다. 천천히 슌쥬자를 연구해보자는 것이 오늘밤 우리의 결론이었다.

생각지도 못한 일들이 꼬리에 꼬리를 물고 일어나고 있다. 인생은 예측이 불가능하다. 요즘 들어 신앙의 의미를 절실하게 깨닫고 있는 것 같다. 매일 매일이 기적이다. 아니, 생활의 전부가 기적이다.

흐림. 중간에 갬. 3일 동안 일기를 쉬었다. 별로 달라진 게 없었기 때문이다. 요즘 왠지 푹 가라앉은 기분에 예전처럼 기쁘게 일기를 쓸 수가 없다. 일기를 쓰는 시간조차 아까운 기분이 들어서 자중한다고 할까. 별 거 아닌 걸 일일이 일기에 쓰는 게 어린아이의 소꿉장난 같은 슬픈 일이라고 생각하게 되었다. 자중해야만 한다고 자꾸 생각했다. 베토벤이 예전에 그런 말을 했다.

'너는 이제 자기 자신을 위해 살아서는 안 된다.'

나 역시 그런 기분이 들었다.

오늘은 아침 일찍부터 집에서 큰 소동이 일어났다. 엄마가 드디어 구주쿠리의 별장에 가서 요양하게 된 것이다. 오늘은 만사에 길하다고 하는 '대안일'. 아침에 날씨가 조금 흐렸지만 엄마가 꼭 오늘 가고 싶다고 고집을 부렸기 때문에, 드디어 출발. 누나와 매형이 아침 일찍부터 도와주러 왔다.

메구로의 쪼끔만 여사도 왔다. 쪼끔만이라는 말은 이제 안 쓰기로 약속했지만, 아무래도 입버릇이 되다 보니 나도 모르게 나온다. 근처에 사는 택시 아저씨들과 주치의인 카가와 씨까지 모든 인원이 동원되어 출발 준비를 했다. 엄마는 워낙에 누워

만 있던 환자이기 때문에 힘이 많이 들었다. 간호사인 스기노 씨와 집안일을 돕는 우메야가 엄마와 함께 가게 되었다. 그리고 집에는 나와 형, 키지마 씨와 매형의 먼 친척이라고 하는 쉰이 넘은 아줌마. 이 아줌마는 슌이란 이름으로 재미있는 사람이다. 스기노 씨와 우메야가 엄마와 함께 가면서 당분간 집안일을 할 사람이 없어서 임시로 이 아줌마를 오게 한 것이다.

이제부터 우리 집도 한층 쓸쓸해지겠지. 대형 택시에는 엄마와 카가와 씨, 간호사 스기노 씨가, 또 한 대의 택시에는 누나네 부부와 우메야가 타고 바로 구주쿠리까지 달려갈 것이다. 카가와 씨와 누나네 부부는 엄마가 그쪽에서 진정되는 것을 보고 난 후에 기차로 돌아올 예정이다. 대단한 소동이었다.

집 앞에는 지나가던 사람들이 무슨 일인가 하는 얼굴을 하고 스무 명 정도 서서 지켜보고 있다. 엄마는 택시 기사의 등에 업힌 채 우메야에게 호통을 치며 많은 사람들을 헤치고 자동차에 올라탔다. 굉장한 구경꺼리였다. 마치 도스토예프스키의 『노름꾼』에 나오는 아줌마 같았다. 어쨌든 대단한 분이다. 구주쿠리에서 1,2년 동안 요양하면 정말로 완쾌될지도 모른다.

모두가 출발하니 집 안이 텅 빈 게 어딘지 불안했다. 아니, 그보다 오늘 아침 북새통 속에서 살짝 웃기는 일이 있었다. 아침에 형과 나는 도움을 주기는커녕 모두에게 방해만 돼서 2층

으로 피난을 와 있었다. 한참을 아래층 사람들 험담을 하고 있는데 스기노 씨가 무슨 용무가 있는지 경직된 얼굴을 하고 우리 방으로 찾아왔다.

"당분간 이별이네요."

그녀는 울상을 지으며 입을 실룩거리더니 잠시 후 굉장한 소리를 내며 울기 시작했다. 뜻밖의 일이었다. 형과 나는 서로 얼굴을 바라보았다. 형은 입을 삐죽 내밀고 있었다. 당혹스러운 것 같았다. 그녀는 그렇게 3분 정도 흐느껴 울었다. 우리는 가만히 있었다. 그리고 잠시 후 일어나서 얼굴을 앞치마로 닦더니 방에서 나갔다.

"왜 저래?"

내가 작은 소리로 말하자 형도 얼굴을 찌푸리며 대답했다.

"꼴불견이야."

하지만 나는 대충 알 것 같았다. 그때는 스기노 씨에 대한 이야기는 피하고 다른 잡담을 시작했지만, 모두가 택시를 타고 출발한 후에 형 역시 살짝 생각에 잠긴 모습이었다.

형은 바닥에 누워 웃으며 말했다.

"그냥 결혼해버릴까?"

"형, 전부터 알고 있었어?"

"아니. 아까 울기 시작해서 엥? 하고 생각했어."

"형도 스기노 씨가 좋아?"

"안 좋아. 나보다 나이도 많잖아."

"그럼 왜 결혼해?"

"왜냐면…, 우니까?"

우리는 크게 웃었다.

스기노 씨는 보기와 달리 로맨틱한 구석이 있었다. 하지만 이 로맨스는 성립되지 않았다. 스기노 씨의 프러포즈는 그저 엉엉 우는 게 다였다. 실로 서투르기 짝이 없다. 로맨스에 익살 스러움은 금물이다. 스기노 씨도 아마 울면서 '망했다'고 생각 해 모든 것을 포기하고 구주쿠리로 출발했을 것이다. 노처녀의 사랑은 안타깝게도 하나의 해프닝으로 끝나버렸다.

"불꽃이야."

형은 시인 같은 결론을 내렸다.

"불꽃놀이지."

나는 현실주의자답게 수정했다.

뭔가 쓸쓸하다. 집이 텅 빈 것 같다. 저녁밥을 먹고 난 후에 형과 나는 엔부조 공연장에 가보기로 했다. 키지마 씨도 같이 가자고 했다. 순 아줌마는 빈집 보기.

엔부조에는 슌쥬자 극단이 출연하고 있었다. 상연 작품은 신인 가와카미 유키치 씨가 각색한 모리 오가이의 〈기러기〉와

〈하사쿠라〉라는 가부키. 모두 신문의 평판이 좋은 것 같다. 우리가 갔을 때에는 마지막 공연인 〈기러기〉가 막 시작되는 찰나였다. 무대에는 메이지의 분위기가 잘 표현되어 있었다. 나는 다이쇼 시대에 태어나서 메이지 시대의 분위기 따위 알 수 없지만, 우에도 공원이나 시바공원을 걷고 있으면 문득 느껴지는 향수 같은 것. 그것이 분명 메이지의 공기일 거라고 믿고 있다.

하지만 배우의 대사가 현대극의 대화 같아서 안타까웠다. 각색가의 부주의일지도 모른다. 배우들의 연기는 뛰어났다. 어떤 단역이든 모두 착실하게 해내고 있다. 좋은 극단이라고 생각했다. 이런 극단에 들어갈 수만 있다면 더 이상 바랄 게 없을 텐데. 휴식시간에 복도를 걷고 있는데 모퉁이에 있는 작은 상자가 보였다. 상자에는 '오늘밤의 감상을 들려주십시오.' 라고 하얀 페인트로 쓰여 있었다. 이것을 보고 문득 떠오른 아이디어.

상자에 첨부되어 있는 편지지에 '단원 지망생입니다. 절차를 알려주십시오.' 라고 쓰고 주소와 이름을 적어 상자에 넣었다. 이 얼마나 좋은 생각인가. 이것 또한 기적이다. 이렇게 좋은 방법이 있을 줄을 이 상자의 글귀를 읽기 전까지 생각지도 못했다. 순간적으로 아이디어가 떠오르다니 신의 은총이다. 나는 이 사실을 형에게 비밀에 부쳤다. 놀림을 당하기 싫었다기보다는 왠지 이제부터 형에게 의존하지 않고 모든 것을 나의 직감

으로 혼자 매진하고 싶어졌기 때문이다.

6월 4일. 화요일.

　　　　　맑음. 그 날의 사건이 잊혀질 때쯤 슌쥬자에서 편지가 왔다. 행복한 소식은 기다릴 때에는 결코 오지 않는다. 절대. 친구를 기다리면서, '어? 저 발소리는?' 하고 가슴을 졸일 때에는 절대 그 사람의 발소리가 아니다. 그리고 그 사람은 불시에 온다. 발소리도 아무것도 없다. 전혀 기대하지 않을 때 불시에 온다. 이상한 일이다. 슌쥬자의 편지는 타이프라이터로 쓰여 있었다. 그 대강의 내용은 다음과 같다.

　올해는 새로운 단원을 세 명 채용할 계획. 열여섯부터 스무 살까지의 건강한 남자에 한한다. 학력은 상관없지만 필기시험은 실시한다. 입단 2개월 후부터 준단원으로서 매월 분장비 30엔 및 교통비를 지급한다. 준단원의 최장 기간은 2개월로 제한하며 이후에는 정단원으로서 전체 단원과 동급의 대우를 받는다. 최장 기간을 거쳤더라도 정단원으로서의 자격을 얻기 힘든 자는 제명한다. 지망자는 6월 15일까지 자필 이력서, 호적등

본, 명함판 사진 한 장(상반신 정면 응시) 및 호주 혹은 보호자의 허가증 등을 첨부해 사무실로 송부할 것. 시험이나 그 외의 사항에 대해서는 추후에 통지한다. 6월 20일 심야까지 통지가 없을 경우 단념하도록 하고 그 외의 개개인의 문의에는 응답하기 어렵다. 등등.

원문은 사실 이렇게 딱딱한 문장은 아니었지만, 대개 이런 분위기의 편지였다. 실로 세세한 부분까지 확실하게 쓰여 있다. 화려함이나 기교는 찾아볼 수 없지만 대신 엄숙함이 느껴졌다. 읽으면서 나도 모르게 자세를 똑바로 가다듬어야만 할 것 같은 기분이 들었다. 가모메자 때에는 그저 두근두근거려서 공연한 소란을 피웠지만, 이번에는 이제 장난이 아니다. 침울한 기분까지 들었다. 아아, 이제 나도 드디어 배우라는 직업의 세계에 연이 닿기 시작하는 걸까 생각했더니 순간 가슴이 뭉클해졌다.

세 명 채용. 그 중에 내가 들어갈 수 있을까? 상상조차 할 수 없지만 어쨌든 해보자. 형도 오늘밤에는 긴장한 모습이다. 학교에서 돌아오자마자 나에게 소식을 전해줬다.

"슌쥬자에서 편지가 왔어. 너, 나 몰래 혈서로 쓴 청원서라도 낸 거 아냐?"

처음에는 농담처럼 웃으며 얘기했지만, 편지를 읽고 나서는

갑자기 진지해졌다.

"아버지가 살아계셨다면 뭐라고 하셨을까."

새삼스럽게 이상한 얘기를 꺼냈다. 형은 상냥하지만 역시 여리다. 내가 이제 와서 새삼 어디에 갈 수 있겠는가. 오랜 고뇌 끝에 겨우 여기까지 오게 된 것이다.

이렇게 된 이상 사이토 선생님 한 분만이 유일한 희망이다. 슌쥬자, 라는 확실한 세 글자를 선생님이 써 주셨다. 그리고는 혼자서 해! 라고 소리쳤다. 해보자. 어디까지든지 해보자. 초여름의 밤. 별이 아름답다. 엄마! 라고 작은 소리로 불러보고는 괜히 부끄러운 기분이 들었다.

6월 18일. 일요일.

　　　　　　맑음. 더운 날이다. 맹렬하게 덥다. 일요일이라 늦잠을 자고 싶었지만, 더워서 잘 수가 없다. 여덟시에 일어났다. 그리고 이때 도착한 우편물. 슌쥬자.

첫번째 관문은 통과했다. 당연한 기분도 들었지만 한편으로 안심한 것도 사실이다. 내일이나 내일모레쯤 올 줄 알았는데,

역시 행복은 짓궂게도 생각지도 못한 때에만 찾아온다.

7월 5일, 오전 10시부터 가구라자카에 있는 슌쥬자 연기연습장에서 1차 시험을 실시한다. 1차 시험은 각본 낭독, 필기시험, 구두시험, 간단한 체조. 각본 낭독은 무엇이든 가능. 수험생이 원하는 부분의 각본을 시험장에 지참해서 자유롭게 낭독하게 하는 것 같다. 단 낭독 시간은 5분 이내. 그 외에 시험관이 낭독해야할 각본을 시험장에서 제시한다. 필기시험에는 가능한 한 연필을 이용하는 것 같다. 체조에 지장없는 바지, 셔츠준비를 잊지 말 것. 도시락은 지참할 필요 없다. 당 연습장에서 제공한다. 당일은 오전 10시 10분 전에 연기연습장에 모일 것.

변함없이 간단명료하다. 1차 시험이라고 쓰여 있는데, 그렇다면 이번 시험에 합격해도 2차, 3차가 계속된다는 것인가? 꽤나 진중하다. 하지만 배우로서 적합한지 아닌지를 결정하기 위해서는 이 정도로 신중해야만 하는 것일지도 모른다. 회사나 은행에 취직하는 게 아니니까. 무책임한 심사로 대충 채용한다 하더라도 채용된 당사자가 만약 배우로서 부적절한 사람이라면, 다른 은행으로 가볍게 바꿀 수도 없고 그 사람의 일생이 엉망진창이 될 것이다. 어떻게든 엄정한 심사를 받고 싶다. 가모메자처럼 해서는 합격한다고 해도 불안하다. 이쪽은 모든 것을 걸고 매달리고 있는데 무책임함 대접은 사절이다.

각본낭독, 필기시험, 구두시험, 체조까지 4과목. 그 중에서도 자유 선택이라는 각본낭독이 어려운 관문이다. 꽤나 교묘한 시험이라는 생각이 들었다. 무엇을 고르는가에 의해 수험자의 개성, 교양, 환경까지 모두 알 수 있을 것이다. 이것은 어려운 문제다. 시험까지는 아직 2주나 남았다. 천천히 침착하게 만전을 기해 각본을 골라야 한다. 형과 의논해보고 결정해야지. 형은 4, 5일 전부터 구주쿠리의 엄마가 있는 곳에 가서 오늘밤이나 내일밤 올라오기로 되어 있다. 저녁에 형에게서 엽서가 왔다. 엄마는 일주일 정도 전에 열이 조금 났었지만, 이제 열도 내려 더 건강해졌다고 한다. 스기노 여사는 새까맣게 타서 원래부터 거기에 있던 사람처럼 일하고 있다고 한다. 형은 가기 전에 또 다시 스기노 씨를 울릴지도 모르겠다는 농담을 했었지만 아무 일도 없는 것 같다. 아무래도 형은 사람이 너무 물러서 탈이다.

　밤에 키지마 씨와 일하는 아줌마까지 셋이서 아이스크림을 만들어 먹고 있는데 현관 벨이 울렸다. 나가 보니 기무라의 아버지가 멍하니 현관 앞에 서 있었다.

　"우리 집 바보가 혹시 여기 오지 않았나?"

　그는 강한 확신이 느껴지는 목소리로 물었다.

　어젯밤에 기타를 들고 나간 후로 집에 돌아오지 않았다고 한다.

"요즘 전혀 만나지 않고 있는데요."

나의 대답에 그는 고개를 갸웃거리며 말했다.

"기타를 들고 나가기에 분명 여기에 왔을 거라 생각했는데⋯⋯."

그는 의심스럽다는 눈초리로 나를 바라보았다. 나를 얕보고 있다.

"저는 이제 기타는 그만뒀는데요."

"그런가? 하긴 이제 나이도 먹을 만큼 먹었는데 언제까지 그런 악기를 만지작거리는 건 자랑할 만한 일이 아니지. 실례 했군. 혹시 그 바보가 온다면 자네도 한마디 해주길 바라네."

그는 집으로 돌아갔다.

기무라는 엄마가 없다. 남의 집 가정사에 대해 이러쿵저러쿵 말하고 싶지는 않지만, 집안이 어딘지 어수선한 것 같다. 기무라에게 한마디 하기보다는 오히려 기무라네 집안사람들에게 설교하고 싶은 생각이 들었다. 기무라네 아버지는 고위 관직에 있는 사람이라는데 기품이라고는 찾아볼 수 없었다. 눈빛도 불쾌하다. 아무리 자기 아들이라고 남의 집까지 와서 우리 집 바보라고 하는 건 별로 좋아 보이지 않았다. 실로 듣기 거북했다. 기무라도 기무라지만 그 아버지도 대단한 아버지라는 생각이 들었다. 어쨌든 나에게는 별로 흥미 없는 일이다. 단테는 지옥

에서 괴로워하는 죄인들을 보고 밧줄 하나도 던져주지 않은 채 그냥 지나갔다고 한다. 요즘 들어 그의 행동이 충분히 옳았다는 생각이 든다.

7월 5일. 수요일.

　　　　맑음. 저녁에 가랑비. 오늘 하루 동안 있었던 일을 차분하게 정리해보자. 나는 지금 매우 편안한 상태다. 너무 시원해서 개운할 정도다. 마음속에 그 어떤 불안함도 남아 있지 않다. 나는 전력을 다했다. 나머지는 하늘에 맡길 것이다. 나도 모르게 얼굴에 상쾌한 미소가 지어진다. 정말 오늘은 내가 가진 모든 힘을 다 쏟아 부은 것 같다. 행복이란 바로 이런 마음 상태를 말하는 게 아닐까? 합격, 불합격 따위는 조금도 신경 쓰이지 않는다.

　오늘은 슌쥬자의 연습실에서 1차 시험이 있는 날. 아침에는 7시 반에 일어났다. 여섯시쯤부터 눈이 떠졌지만, 내 마음가짐에 뭔가 부족한 것은 없는지 이불 속에서 조용히 생각했다. 부족한 것이라고 하면 모두 다 부족한 것 같지만, 그렇다고 해서

실망하지도 않았다. 어쨌든 속이지만 않으면 된다. 정직하게 나아간다면 무슨 일이든 해결할 수 있고 곤란한 일도 없을 것이다. 자꾸 속이려고 하다 보니 여러 가지로 꼬이게 되는 것이다. 속이지 않기. 나머지는 그저 운에, 하늘에 맡기리라.

마음속에 그런 의지만 준비되어 있다면 다른 것은 아무 필요 없다는 생각이 들었다. 시를 한 수 지어볼까 했지만 생각처럼 쉽지 않다. 일어나서 얼굴을 씻고 거울을 봤다. 편안한 얼굴이다. 어젯밤 푹 잘 잔 탓인지 눈이 깨끗하고 맑다. 웃으며 거울을 향해 가볍게 한 번 인사했다. 그리고는 아침밥을 잔뜩 먹었다. 일하시는 아주머니도 깜짝 놀란 것 같았다. 평상시에는 그렇게 잠꾸러기더니 시험 날에는 제대로 일찍 일어났다는 둥, 밥도 잘 먹는다는 둥, 모름지기 남자는 이래야 한다며 이상한 칭찬을 했다. 아줌마는 아마 오늘 학교에서 시험이 있다고 생각하는 것 같았다. 배우 시험을 치르러 간다는 것을 알면 기겁을 할지도 모른다.

단정하게 옷을 입고 불단의 아버지 사진을 향해 인사를 한 후 마지막으로 형의 방에 갔다.

"갔다 올게."

나는 큰소리로 말했다. 형은 자고 있다가 상반신을 벌떡 일으켰다.

"뭐야? 벌써 가는 거야? 신의 나라는 뭐와 비슷하다고?"

"한 알의 겨자씨와 같다."

"잘 키워서 나무가 되어라."

애정이 담긴 말투였다.

이보다 더 좋은 축복의 말이 있을까. 역시 형은 나보다 백배는 훌륭한 시인이다. 짧은 순간에도 딱 어울리는 말을 찾아낸다.

밖은 더웠다. 가쿠라자카를 터벅터벅 걸어서 슌쥬자의 연기 연습실에 도착해보니 9시가 조금 지났다. 너무 빨리 왔다. 가게에 가서 소다수를 마시고 한숨 돌리고 나서 다시 천천히 걸어오니 이번에는 딱 좋은 타이밍이다. 연습실은 오래된 큰 저택이었다. 현관에서 신발을 벗는데 전통 복장에 허리띠까지 제대로 갖춰 입은 젊은 매니저 같은 사람이 나왔다. 어서 오십시오, 라고 작은 소리로 말하고는 슬리퍼를 내주었다. 차분한 느낌이었다. 마치 내가 손님 대접을 받는 것만 같았다.

대기실은 12평 정도의 넓고 밝은 일본식 방으로 이미 7,8명의 수험생이 와 있었다. 모두 매우 젊은 게 마치 어린아이 같다. 열여섯에서 스무 살까지라는 제한이었지만, 지금 와 있는 7,8명의 사람들은 얼핏 봤을 때 열세네 살 정도로 보이는 애송이들이였다. 그 중에는 머리를 단발머리로 자른 사람도 있고,

빨간 보헤미안 넥타이를 하고 있는 사람, 기품 있는 기모노를 입은 사람까지 모두들 어딘가 기생의 아이 같은 느낌을 풍기고 있었다. 나는 겸연쩍은 기분이 들었다. 아까의 매니저 같은 사람이 쌀과자와 차를 갖고 와서 권했다.

"잠시 기다리십시오."

그저 황송할 뿐이다. 수험생들이 슬슬 모여들었다. 스무 살 정도 되어 보이는 사람들도 3,4명 있었다. 모두 양복이나 기모노를 입었다. 학생복은 결국 나 혼자뿐이었다. 그다지 영리해 보이지 않는 얼굴들이었지만, 가모메자와 같은 음울한 느낌은 아니었다. 인생의 패잔병들은 아닌 것 같았다. 그저 무심하게 두리번거리고 있다. 스무 명 정도 모였을 때 매니저가 왔다.

"오래 기다리셨습니다. 호명하겠습니다."

그는 조용한 어조로 다섯 명의 이름을 불렀다.

"이쪽으로 오십시오."

그는 그들을 다른 방으로 안내했다. 내 이름은 불리지 않았다. 남은 사람들은 또 다시 조용해졌다. 나는 복도로 나가 정원을 바라보았다. 음식점이나 여관 같은 느낌이 들었다. 정원도 꽤나 넓다. 희미하게 전차소리가 들려온다. 이글이글 타오르는 더위가 느껴진다. 30분 정도 지난 후, 이번에 불린 이름 안에 내 이름도 있었다. 매니저의 인솔을 따라 나를 포함한 다섯 명

은 약간 어두운 복도를 두 번이나 돌아서 통풍이 잘 되는 방으로 안내되었다.

"어서 오십시오."

양복을 입은 매우 아름다운 얼굴의 청년이 우리를 맞이해 주었다.

"필기시험을 실시하겠습니다."

우리는 중앙의 커다란 탁자 주위에 앉아 아름다운 청년에게 원고지 세 장씩을 받고 필기에 들어갔다.

"필기시험은 아무 것이나 써도 좋습니다. 감상이든 일기든 시든 무엇이든지 다 좋습니다. 단, 조금이라도 슌쥬자와 관계기 있는 것을 써 주십시오. 지금 문득 하이네의 연애시가 떠올랐다고 해서 그대로 쓰시면 곤란합니다. 시간은 30분. 원고용지 2장 이내로 정리해 주십시오."

나는 자기소개부터 쓰기 시작해 슌쥬자의 〈기러기〉를 보고 느낌 것을 솔직하게 썼다. 빽빽하게 두 장이다. 다른 사람들은 썼다 지웠다, 꽤나 고심하는 모습이다. 이래봬도 이력서 심사를 통해 수많은 지원자 중에 뽑힌 소수의 사람들인데 마음은 꽤나 불안해 보인다. 하지만 이런 백치 같은 사람들이야말로 의외로 연기 쪽에서 천재적인 재능을 발휘할지도 모른다. 있을 수 있는 일이다. 방심해선 안 되겠다고 생각하고 있는데 매니

저가 불쑥 문틈으로 얼굴을 내밀었다.

"다 쓰신 분은 답안지를 들고 이쪽으로 오십시오."

다 쓴 사람은 나 혼자다. 나는 일어서서 복도로 나갔다. 별채의 넓은 방으로 이동했다. 꽤나 멋있는 방이다. 커다란 식탁이 두 개 놓여 있다. 마루의 식탁을 둘러싸고 시험관 6명이 앉아 있고, 2미터 정도 떨어진 곳에 응시자를 위한 식탁이 있다. 응시자는 나 혼자다. 우리 전에 불린 다섯 명의 응시자들은 이미 모두 끝나고 나간 것일까? 아무도 없다. 나는 일어서서 인사를 하고 식탁을 향해 앉았다. 있다, 있어. 이치카와 기쿠노스케, 세가와 쿠니주로, 사와무라 카에몬, 반도 이치마츠, 사카다 몬노스케, 소메카와 분시치 등 최고 간부들이 싱글벙글 웃으며 이쪽을 보고 있다. 나도 웃었다.

"뭘 낭독할 겁니까?"

세가와 쿠니주로 씨가 금니를 살짝 반짝이며 물었다.

"파우스트!"

박력 있게 말하려고 노력했다. 세가와 쿠니주로는 가볍게 고개를 끄덕였다.

"시작하십시오."

나는 주머니에서 모리 오가이가 번역한 『파우스트』를 꺼내 지난 번 꽃이 핀 들판의 장을 천장까지 쩌렁쩌렁 울릴 정도로 읽었

다.『파우스트』를 선택하는 과정이 쉽지만은 않았다. 슌쥬자에서는 가부키의 고전이 환영받을 것이라는 형의 의견에 따라 여러 가지 고전 작품들과 사이토 선생님의 작품을 시도해 보았지만, 아무래도 나의 음색으로는 무리였다. 개성이 전혀 드러나질 않았다.

1인 3역을 해야 하는 대화는 지금의 내 실력으로는 위험할 뿐이고 혼자서 긴 대사를 말하는 장면은 하나의 희곡에도 두세 장면 혹은 아예 없는 경우가 많아서 찾기 힘들었다. 가끔 찾았다 싶으면 이미 예전에 명배우가 연기했거나 연회장에서 하는 개인기 정도다. 무엇이든 좋으니 하나만 고르라는 얘기를 들었을 때 실로 많이 고민스러웠다. 어찌할 바를 몰라 허둥대는 사이에 시험 기일은 다가오고 있다. 어차피 이렇게 될 바에야 『벚꽃 정원』의 로파힌이라도 할까? 아니, 그럴 거라면 차라리 파우스트가 낫다.

파우스트는 가모메자의 시험 때 내가 직감으로 고른 것이다. 기념할만한 대사다. 분명 나의 숙명과 연결되어 있으리라. 파우스트로 정하자! 라는 결론에 도달한 것이다. 이 파우스트 때문에 실패한다 해도 나에게 후회는 없다. 나는 당당하게 읽었다. 읽으면서 매우 서글픈 기분이 들었다. 괜찮아, 괜찮아. 누군가 뒤에서 그렇게 말해주는 것 같았다.

인생은 꾸며진 그늘 위에 있다! 는 마지막 대사를 마친 후 나도 모르게 싱긋 웃었다. 왠지 기뻤다. 시험 따위 어떻게 되든 상관없다.

"수고하셨습니다."

세가와 쿠니주로 씨는 살짝 고개를 끄덕였다.

"또 하나, 이쪽에서 제시하는 것."

"네."

"지금 막 저쪽에서 써온 답안을 여기서 읽어 주십시오."

"답안? 이것 말입니까?"

"네."

웃고 있다. 나는 조금 당황스러웠다. 하지만 슌쥬자의 사람들도 꽤나 머리가 좋다는 생각이 들었다. 이렇게 하면 나중에 답안을 하나씩 살펴볼 수고와 시간을 덜 수 있으니 경제적이고, 시시한 글이라면 횡설수설한 낭독 때문에 답안지의 허술함을 더 확실하게 알 수 있을 것이다. 강한 펀치로 한 대 맞은 기분이었다. 하지만 나는 곧 마음을 가라앉히고 차분하게 읽었다. 아무 억양도 없이 자연스럽게.

"됐습니다. 답안지를 제출하고 대기실에서 기다려 주십시오."

나는 꾸벅 인사를 한 후에 복도로 나왔다. 등에 땀이 흥건하

다는 사실을 그때 처음으로 깨달았다. 대기실로 돌아가서 벽에 기대어 느긋하게 앉아 30분 정도 기다리는 사이에 나와 같은 조였던 4명의 수험생이 한 명씩 돌아왔다. 모두 모이자 또 다시 매니저가 데리러 왔다. 이번에는 체조다. 목욕탕의 탈의실 같은 텅 빈 방으로 안내되었다. 무슨 배우인지 이름은 모르겠지만 마흔 전후의 고위급 간부 같은 사람이 두 명, 방구석의 의자에 앉아 있었다.

젊은 사무원 같은 사람이 하얀 바지에 와이셔츠 차림으로 우리에게 구령을 붙였다. 전통 복장을 입은 사람들은 기모노를 모두 벗어야 하지만 양복을 입은 사람은 상의만 벗으면 된다고 했다. 우리 조는 모두 양복이었기 때문에 바로 체조를 시작했다.

다섯 명이 함께 우향우, 좌향좌, 오른쪽으로 돌아, 앞으로 가, 구보, 제자리에 서, 라디오 체조 같은 것을 하고 마지막으로 자신의 성명을 순서대로 큰소리로 보고하고 끝.

간단한 체조라고 편지에는 쓰여 있었지만 그렇게 간단하지만은 않았다. 조금 지칠 정도였다. 대기실로 돌아가 보니 대기실에는 식탁이 일렬로 놓여 있고 수험생들이 슬슬 식사를 시작하고 있었다. 튀김 덮밥이었다. 국수집의 나이 어린 점원 같은 사람 두 명이 아까의 매니저의 지시에 따라 이쪽저쪽으로 돌아

다니며 차를 주거나 밥을 나르고 있다. 꽤나 덥다. 나는 땀을 뚝뚝 흘리며 밥을 먹었다. 아무래도 다 먹히지는 않았다.

마지막은 구두시험이었다. 매니저에게 한 사람씩 불려갔다. 구두시험의 방은 아까의 낭독 방이었다. 하지만 방 안의 분위기는 완전히 달라져 있었다. 지독하게 어질러져 있었다. 두 개의 큰 식탁은 딱 붙어 있었고 문예부나 기획부처럼 보이는 긴 머리에 혈색이 안 좋은 남자 세 명이 상의를 벗고 느긋한 자세로 앉아 있다. 식탁 위에는 많은 서류가 복잡하게 널려 있다. 먹다 만 아이스커피 잔도 있었다.

"편하게 앉으십시오."

가장 연장자 같은 사람이 나에게 방석을 권했다.

"대학은 계속 다닐 생각입니까?"

핵심을 찌르는 질문이다. 그건 나에게도 고민거리였다. 만만치 않은 면접이라는 생각이 들었다.

"생각중입니다."

나는 솔직하게 대답했다.

"양쪽을 병행하는 건 무리입니다."

바로 공격이 들어온다.

"그건."

나는 작은 한숨을 쉬었다.

"채용된 후에……."

내가 말을 미처 마치기도 전에 저쪽에서 말을 잘랐다.

"그야, 뭐. 그렇겠네요."

상대는 예민하게 반응하며 웃었다.

"아직 채용이라고 결정된 것도 아니니까. 우문이었나 보네요. 실례입니다만, 형은 아직 젊은 것 같은데요?"

너무 아프다. 이렇게 비겁하게 공격해오면 당해낼 수 없다.

"네, 스물여섯입니다."

"형 혼자의 승낙으로 괜찮을까요?"

정말 걱정스러운 말투다. 이 면접의 최고감독관은 분명 세상의 모진 풍파를 많이 겪어온 것임에 틀림없다는 생각이 들었다.

"그건 괜찮습니다. 형이 매우 열심히 노력하고 있으니까."

"노력 말입니까?"

명랑하게 웃었다. 다른 두 사람도 얼굴을 마주보며 싱글벙글 웃고 있다.

"파우스트를 낭독했군요. 이건 혼자서 고른 겁니까?"

"아니오, 형과 의논했습니다."

"그럼 형이 골라준 것이군요?"

"아닙니다. 형과 의논은 했지만 좀처럼 결정되지 않아서 제가 혼자서 정해버렸습니다."

"실례이지만 파우스트를 잘 알고 있습니까?"

"전혀 모릅니다. 하지만 거기에는 소중한 추억이 있습니다."

"그렇습니까?"

또 다시 웃는다.

"추억이라고요."

온화한 눈으로 내 얼굴을 바라보며 묻는다.

"운동은 뭘 하고 있습니까?"

"중학교 때 잠깐 축구부를 했습니다. 지금은 쉬고 있지만."

"선수였습니까?"

그리고는 매우 세세한 부분까지 물었다. 엄마가 아프다고 했더니 병의 상태까지 열심히 물었다. 가까운 친척 중에는 어떤 사람이 있는지, 형의 후견인이라고 말할 만한 사람이 있는지, 가정상태에 대한 질문이 가장 많았다. 하지만 나도 편하게 답할 수 있는 것들이었기 때문에 불쾌하지는 않았다. 드디어 마지막 질문.

"슌쥬자의 어디가 마음에 들었습니까?"

"특별히 없습니다."

"네?"

시험관들은 순간 경직된 얼굴로 나를 바라보았다. 미간에는 불쾌한 표정이 역력했다.

"그럼 왜 슌쥬자에 들어오려고 생각했습니까?"

"저는 아무것도 모릅니다. 훌륭한 극단이라고 막연하게 생각은 하고 있었지만."

"그럼 그냥 문득?"

"아니요. 저는 배우가 되지 않으면 달리 갈 곳이 없었습니다. 그래서 고민하다 어떤 사람에게 상담했더니 그 사람이 종이쪼가리에 슌쥬자라고 써 주었습니다."

"종이쪼가리요?"

"그 사람은 좀 이상한 분입니다. 제가 상담하러 가니까 감기 기운이 있다며 만나주지도 않더군요. 그래서 저는 현관에서 좋은 극단을 알려 달라고 편지에 써서 하녀인지 비서인지 알 수 없는 실실 웃는 여자에게 건넸습니다. 그러자 그 여자가 답장을 가져왔습니다. 그 종이쪼가리에는 슌쥬자,라는 세 글자만 쓰여 있었습니다."

"그게 누굽니까?"

최고감독관이 눈을 동그랗게 뜨고 물었다.

"저의 선생님입니다. 하지만 그건 어디까지나 제멋대로 정한 것으로 저쪽에서는 저 같은 애는 신경도 쓰지 않을지도 모릅니다. 그래도 저는 그 사람을 제 생애의 선생님이라고 정해놓고 있습니다. 저는 아직까지 그 사람과 딱 한 번 밖에 이야기를 나

눈 적이 없습니다. 제가 쫓아가서 자동차를 얻어 탔었습니다."

"도대체 누구입니까? 아무래도 극단 쪽의 분이신 것 같은데."

"그건 말하고 싶지 않습니다. 단 한 번 자동차를 얻어 타고 이야기를 나눈 것뿐인데, 그 사람의 이름을 이용하려는 것은 치사해 보이니까요."

"알겠습니다."

최고감독관은 진지하게 고개를 끄덕이며 말했다.

"그래서? 그 사람이 슌쥬자, 라고 써 주어서 바로 이쪽으로 뛰어들었다는 얘기군요?"

"그렇습니다. 그때 이렇게 막연하게 슌쥬자에 들어가라고 하셔도 무리라고 하녀에게 불평을 하고 있는데, 갑자기 문 안쪽에서 혼자서 해! 라는 고함 소리가 들렸습니다. 선생님이 문 안쪽에서 듣고 있던 겁니다. 그래서 저는 깜짝 놀라서……."

젊은 두 사람의 시험관들이 소리를 내어 웃었다. 하지만 최고감독관은 특별히 웃음을 보이지 않았다.

"통쾌하신 선생님이군요. 사이토 선생님이시지요?"

그는 태연하게 말했다.

"그건 말할 수 없습니다."

나도 웃으면서 대답했다.

"제가 좀 더 위대해지면 말씀드리겠습니다."

"그렇습니까? 그럼 그걸로 됐습니다. 오늘 수고 많으셨습니다. 식사는 다 하셨지요?"

"네, 잘 먹었습니다."

"그럼 삼 일 내로 또 뭔가 통지가 갈지도 모르지만, 만약 삼일 내로 아무런 통지가 없으면 또 다시 선생님께 상담하러 가겠군요?"

"그럴 생각입니다."

그렇게 오늘의 시험이 모두 끝났다. 나는 차분한 마음으로 집으로 돌아왔다. 밤에는 형과 둘이서 스테이크를 만들어 먹었다. 오슌 아줌마에게도 드셔보라고 드렸다. 나는 정말 아무렇지 않은데, 형은 은근히 마음을 졸이고 있는 것 같았다. 시험이 어땠는지 알고 싶어 했지만, 이번에는 내가 지난 시험에 대해 조금도 이야기하고 싶지가 않았다.

밤에는 일기를 썼다. 이것이 마지막 일기가 될지도 모른다. 왠지 그런 기분이 든다. 그만 자자.

7월 6일. 목요일.

　　　　　흐림. 오늘 아침에는 일어나는 게 너무 힘들어
서 학교를 쉬었다.

　오후 2시, 슌쥬자에서 속보가 왔다.

　'건강검진을 실시할 것이니 8일 오후, 아래의 병원에 이 초
대장을 갖고 오십시오.'

　편지에는 토라노몬의 어느 병원 이름이 쓰여 있었다.

　이른바 제2차 시험의 통지다. 형은 이제 이걸로 합격한 것이
나 마찬가지라며 안심하고 있지만 나는 그렇게 생각되지 않았
다. 병원에 가보면 어제의 수험생이 또 다시 모두 모여 있을 것
만 같은 기분도 들었다. 다시 한 번 처음부터 다시 싸울 수 있
을 정도로 많은 재능을 기르고 싶다. 다행히 내 몸이 어디 나쁠
까닭은 없겠지만.

　밤에는 혼자서 레코드를 들었다. 모차르트의 플루트 협주곡
을 들으며 눈을 감았다.

맑음. 토라노몬의 다케가와 병원에 갔다가 조금 전에 막 돌아왔다. 덥다, 더워. 조금 예의에 어긋나지만 지금 나는 팬티 한 장만 입고 일기를 쓰고 있다. 병원에 갔더니 단 두 명만이 있었다. 단발머리의 언뜻 보기에 열네다섯 정도로 보이는 애송이와 나. 그게 다였다. 나머지 사람들은 모두 안 된 것 같았다. 이번 시험이 진짜 엄격했던 것이다. 순간 등골이 서늘했다.

세 명의 의사가 교대로 우리의 몸을 구석구석까지 조사했다. 매우 엄격한 검사에 조금 지쳤다. x-ray 사진도 찍고, 혈액과 오줌도 재출했다. 애송이는 전염성이 강한 눈병이 나와서 울상을 지었다. 하지만 일주일만 치료하면 나을 수 있을 정도로 가벼운 증상이라는 얘기를 듣고는 바로 싱글벙글이다. 애송이의 얼굴은 귀엽지는 않지만, 약간 개성이 있다. 얼굴이 매우 길다. 의외로 천재적인 재능의 소유자일지도 모른다. 우리는 세 시간 가까이 검사를 받았다.

슌쥬자에서 사무원 같은 사람이 한 명 와 있었다. 돌아갈 때는 셋이 같이 갔다.

"축하합니다."

사무원이 말했다.

"처음 원서를 낸 지원자는 거의 육백여 명 가까이였습니다."

"하지만 아직 모르는 거잖아요?"

내가 물었다.

"글쎄요. 어떨까요."

애매한 대답이다. 합격이라면 일주일 이내에 정식 통지가 올 것이다. 우리는 전차 정류소에서 헤어졌다.

형에게 알렸더니 매우 기뻐했다. 이렇게 기뻐하는 형을 평생 본 적이 없는 것 같았다.

"잘 됐네. 잘 됐어. 넌 역시 배우가 되길 잘했어. 육백 명 중에서 두 사람이라니. 진짜 대단하잖아! 훌륭해. 고마워. 나는 진짜… 얼마나 기쁜지……."

형은 눈물을 살짝 흘렸다. 엉망진창이다. 아직 기뻐하기는 이른데.

정식 통지가 오기 전까지는 절대 안심할 수 없다.

7월 14일. 금요일.

맑음. 합격통지 오다.

7월 15일. 토요일.

맑음. 맹렬하게 덥다. 어제는 합격통지를 봉투째로 불단에 올려놓고 형과 둘이서 아빠에게 보고를 했다. 정말 우리나라 최고의 배우가 될 것 같은 기분이 들었다. 아마 힘든 일은 이제부터 시작일 것이다. 하지만 베토벤이 그러지 않았나.

'선하고 고귀하게 행동하는 인간은 그저 그 사실만으로 불행을 이겨낼 수 있다는 것을 나는 입증하고 싶다.'

장렬한 각오다. 세계적인 천재들은 모두 이렇게 힘차게 싸워온 것이다. 나 역시 지지 말고 나아가자. 저녁에는 형과 키지마 씨와 셋이서 작은 축하 파티를 열었다. 엄마의 완쾌를 빌며 건배했다. 키지마 씨는 취해서 노래를 불렀다.

요즘 학교에는 전혀 가지 않았다. 2학기부터 휴학할 생각이

다. 형도 그렇게 할 수밖에 없을 것 같다고 말했다. 이제 다음 주 월요일부터 슌쥬자의 연습실에 매일 다녀야만 한다. 곧 공연장 쪽 일도 도와야 한다는 것 같다. 연구생 신분인 2개월 동안 수당은 매월 20엔, 공연장 쪽 일에도 참여했을 때에는 소정의 금액이지만 교통비까지 확실하게 지급된다. 두 달이 지나면 준단원으로서 매월 분장비 30엔을 받는다. 그렇게 2년 동안 수당이 조금씩 늘고, 2년이 지나면 정단원이 되어 모든 단원들과 동급의 대우를 받게 된다. 이대로 순조롭게 진행된다면 나는 열아홉 살 가을에는 정단원이 된다. 하지만 지금은 그런 달콤한 상상에 넋 놓고 있을 때가 아니다. 당장 닥친 일에 얼마나 열심히 노력하는가가 중요한 것이다. 쉽지 않으리라. 하지만 그렇게 2년이 지나고 정단원이 되면 진짜 배우의 수업이 시작되는 것이다.

10년 수업이라 생각하면 스물아홉. 여러 가지 일이 일어날 것이다. 나 혼자의 연기보다도 어떤 각본을 고르냐가 가장 중요한 문제가 되겠지. 아무튼 노력만이 살 길이다. 반드시 위대한 배우가 되어야 한다. 큰 바다에서 어설픈 통나무배를 저어나가는 꼴이다. 내가 이번 달부터 조금이나마 급료를 받는다니 낯간지럽기도 하지만 기쁘다.

첫 월급을 타면 형에게 만년필을 하나 사줄 것이다. 형은 내

일 외갓집으로 피서를 갈 거라고 한다. 열흘 동안 머무를 예정이다. 예전이라면 당연히 나도 함께 가겠지만, 다음주부터 '일하는' 몸이기 때문에 마음대로 할 수 없다. 이번 여름에는 도쿄에 남아서 노력해야 한다. 형의 현상공모를 위한 소설은 결국 마감까지 시간을 맞추지 못한 것 같다. 절반 정도 썼을 때 츠다 씨에게 보여주었더니 의외라고 할 정도로 높은 점수와 함께 격려를 받았다고 했었는데. 그후 진행이 잘 되지 않아서 결국 포기해버린 것 같다. 정말 안타까운 일이다. 형은 언제나 발자크나 도스토예프스키와 비교해 자신의 역량이 부족하다고 한탄하고 있지만, 처음부터 그 사람들을 이기려는 건 과한 욕심이 아닐까?

"역시 제대로 된 소설을 쓰려면 서른은 넘어야 하는 것 같아."

형은 그렇게 말하고 있지만, 서른이 되기 전에 작은 산문시 등을 써보면 어떨까 싶다. 어쨌든 형에게는 뛰어난 재능이 있으니 그 능력이 발휘만 된다면 세계적인 걸작을 써낼 것이다. 나는 형의 아름다운 문장은 국내 최고라고 자부하고 있다.

저녁에 목욕을 하다 거울에 비친 내 얼굴을 보고 깜짝 놀랐다. 심하게 여위어 있었다. 겨우 3일만에 얼굴이 이렇게까지 변할 수 있는 건가. 최근 마음고생이 꽤나 심하긴 했나 보다.

광대가 툭 튀어나온 것이 이제 완연한 어른의 얼굴이다. 심하게 추해졌다. 이렇게든 해야 할 텐데. 나는 이제 배우다. 배우는 얼굴을 소중히 해야만 한다. 아무래도 이 얼굴은 마음에 들지 않는다. 피골이 상접한 원숭이 같다. 앞으로는 매일 아침 크림을 바르며 얼굴에 공을 들여야겠다. 배우가 됐다고 해서 갑자기 멋을 부릴 필요는 없지만 이렇게 생기 없는 얼굴은 곤란하다.

밤에는 모기장 안에서 독서. 장 크리스토프 제3권.

8월 24일. 목요일.

흐림. 지옥의 여름. 이러다가는 완전히 미쳐버릴 것 같다. 싫다, 싫어. 그냥 이대로 죽어버릴까 싶은 생각이 든 게 몇 번인지 모른다. 샤미센을 칠 수 있게 되었다. 춤도 출 수 있다. 매일 오전 10시부터 오후 4시까지. 연습장은 그야말로 지옥의 계곡이다. 학교는 쉬고 있다. 이제 내가 갈 곳은 여기 밖에 없다. 나는 벌을 받고 있는 건지도 모른다. 배우라는 직업을 너무 만만하게 본 벌이다.

저주받은 자여, 너의 이름은 소년배우. 그나마 몸이 버티고 있는 게 스스로도 신기할 정도다. 어느 정도 각오는 했었지만 이 정도로 굴욕을 맛볼 줄은 생각지 못했다.

오늘 오후의 30분 휴식시간에 잠깐 정원의 잔디밭에 누워서 뒹굴거리는데 눈물이 왈칵 쏟아졌다.

"세이카와 씨는 항상 우울한 것 같아요."

애송이가 옆으로 다가왔다.

"저리 가라."

스스로도 놀랄 정도로 엄숙한 어조였다. 나의 고민을 너 같은 백치가 알 것 같더냐!

애송이의 이름은 다키타 테루오. 옛날 제국 극장의 여배우로 유명한 다키다 세츠코의 숨겨진 아들이라고 한다. 아버지는 작년에 임종한 재계의 거목 M씨라고 한다. 열여덟 살. 나보다 한 살 위이지만, 그래도 역시 애송이다. 백치에 가깝다. 하지만 연기는 훌륭하다. 다도, 꽃꽂이, 샤미센 등 예능 면에서도 나 따위는 도저히 그의 발끝에도 따라가지 못한다. 이 녀석이 나의 라이벌이다. 평생의 라이벌일지도 모른다. 언제나 나는 이 백치와 비교당하면서 잔소리를 듣는다.

하지만 나는 백치의 천부적인 재능을 부정하고 있다. 어디 나중에 한번 보라지. 뒤처지는 자의 강한 일념만큼 위대한 것

은 없다. 슌쥬자에서 다키타 테루오보다 나를 지지하고 있는 사람은 단장인 이치카와 기쿠노스케 씨뿐이다. 다른 사람들은 모두 나의 촌스러움에 질려했다. 나는 논리쟁이라는 별명을 얻었다. 오늘은 도장에서 돌아오는 길에 대선배인 사와무라 카에몬 씨와 전차 정류소까지 함께 갔다.

"자네는 매일매일 다른 책을 주머니에 넣고 있는 것 같은데, 정말 읽고는 있나?"

그는 비웃음의 눈초리로 나를 바라보았다.

나는 대답을 하지 않았다. 그냥 속으로 이렇게 말했다.

'이봐요, 책방 아저씨. 앞으로의 배우는 당신처럼 예능 분야에서만 달인이어서는 안 될 겁니다.'

열흘 정도 전, 이치카와 기쿠노스케 씨가 좋은 레스토랑에 데려가서 밥을 사주었다. 그때 그는 삶은 감자를 포크로 굴리면서 갑자기 이런 말을 했다.

"나는 서른까지 무(無)라는 소리를 들었다. 그리고 지금도 나는 나를 무라고 생각하고 있어."

나는 울고 싶었다. 단장의 그 말이 없었다면 나는 지금쯤 목을 매었을지도 모른다. 새로운 예능의 길을 수립하는 건 더할 수 없이 어려울 것이다. 정신이 멀쩡한데 손발에만 화살을 맞은 것 같다. 가장 참아낼 수 없는 고통이다. 한 알의 겨자씨. 나

무가 될 수 있을까?

다시 한 번 베토벤의 말을 생각해 본다.

'선하고 고귀하게 행동하는 인간은 그저 그 사실만으로 불행을 이겨낼 수 있다는 것을 나는 입증하고 싶다.'

9월 17일. 일요일.

　　　　　　흐림. 가끔 비. 오늘은 연습을 쉬었다. 어제는 밤 11시 30분까지 연습을 했다. 현기증이 나서 무대에 쓰러질 것 같았다. 10월 1일 첫째날 가부키 극장. 상연 작품은 〈스케로쿠〉, 나츠메 소세키의 〈도련님〉 그리고 〈이로모오초토 카리메〉.

나의 첫 무대다. 내 역할은 〈스케로쿠〉에서는 등불을 들고 있고, 〈도련님〉에서는 중학생 중 하나로 아주 단순하다. 그런데도 예행연습은 엄하기만 했고 반복에 반복이다. 집으로 돌아와서 잠을 자는 동안에도 징그러운 꿈의 연속으로 자는 내내 뒤척거렸다. 너무 피곤하면 오히려 숙면을 취할 수가 없다.

오늘은 아침 일찍부터 누나에게서 전화가 왔다. 중요한 일이

니 지금 바로 형과 둘이서 누나네 집으로 와 달라고. 아주, 아주 중대한 일이라고 웃으며 말했다. 무슨 일이냐고 물었지만 알려주지 않는다. 어쨌든 와 달라고 한다. 어쩔 수 없지. 형과 둘이 서둘러 밥을 먹고 누나네 집에 갔다.

"무슨 일일까?"

나의 물음에 형은 약간 불안한 얼굴로 대답했다.

"글쎄, 부부싸움의 중재 역할이라면 반갑지 않은데."

누나네 집에 갔더니 일가족 세 명이 모여 앉아 깔깔대며 웃고 있다.

"스스무, 오늘 아침 미야코 신문 봤어?"

누나가 물었다. 무슨 일인지 모르겠다. 우리 집에서는 미야코 신문을 보지 않는다.

"아니."

"정말 중요한 일이야. 이것 봐!"

미야코 신문의 일요 특집 연예란. 내 사진이 다키타 테루오의 사진과 나란히 실려 있었다. 그런데 이름이 다르다. 내 사진에는 이치카와 키쿠마츠, 다키타 테루오는 사와무라 센노스케. 슌쥬자의 두 신인이라는 설명과 함께 잘 부탁드린다는 글이 실려 있었다. 이게 뭐야! 누굴 바보 취급하나. 이번 첫무대부터 우리가 준단원이 된다는 것은 알고 있었지만, 이런 예명까지

붙는지는 몰랐다. 우리에게는 아무런 통지가 없었다. 어차피 대충 붙여진 예명이겠지만, 그렇다고 해도 본인과 조금이라도 얘기한 후에 정해야 하는 거 아닌가? 기분이 영 찜찜했다. 하지만 이치카와 키쿠마츠라는 묘하게 촌스러운 예명에서 단장인 기쿠노스케 씨의 무언의 비호가 느껴져서 그 점은 조금이나마 기뻤다. 이치카와 키쿠마츠. 좋은 이름은 아니다. 견습생 같다.

"드디어."

매형은 웃으면서 말했다.

"본격적으로 시작됐어. 축하하는 뜻에서 지금부터 중국요리라도 먹으러 갑시다."

매형은 무슨 일만 있으면 항상 중국요리다.

"벌써부터 이렇게 야단스럽게 굴면, 앞으로 어쩌려고."

누나네 부부는 내가 배우가 되려는 걸 전부터 알고 있었다. 조금 걱정했지만 그냥 묵인하고 있는 상태였다.

"엄마한테는 아직 알리지 않는 게 좋겠지?"

엄마한테는 처음부터 비밀로 하고 있었다.

"물론이지."

형은 강한 어조로 답했다.

"언젠가 결국 알게 되시겠지만, 엄마가 조금 더 건강해진 후에 전부 알려드리기로 했어. 어쨌든 이건 내 책임이니까."

"책임이라니, 그런 딱딱한 문제는 접어두자고."

매형은 배짱이 좋다.

"배우든 뭐든 열심히 하면 훌륭한 거지. 열일곱 살에 50엔의 월급을 받아오는 게 그리 쉬운 일인가."

"30엔이에요."

내가 얼른 정정했다.

"아니지. 월급이 30엔이면 수당이랑 다 합치면 60엔은 되는 거야."

매형은 배우나 은행원이나 똑같다고 생각하는 것 같다.

누나네 부부, 토시오, 형과 나까지 다섯 명이 중국요리를 먹으러 갔다. 모두들 기분이 들떠 있었지만 나 혼자만 어제 저녁의 수면부족 탓도 있어 조금도 즐겁지 않았다. 리허설의 지옥이 한 순간도 머릿속에서 떠나지 않아서 그저 암담한 기분이었다. 취미생활로 배우 연습을 하고 있는 게 아니다. 나의 이런 숨겨진 어둠을 아무도 모른다.

잘 부탁드린다니. 아아, 이제 막 피어나려는 새싹을 짓밟힌 기분이다.

이치카와 키쿠마츠. 슬프다.

10월 1일. 월요일.

　　　　　　맑은 가을 날씨. 첫무대. 나는 무대에서 등불을 들고 쭈그리고 앉아 있다. 관객석은 무서울 정도로 어둡고 깊은 늪이다. 관객의 얼굴이 하나도 보이지 않는다. 깊고 검푸른 것이 몽롱하게 움직이고 있다. 아무리 눈을 크게 뜨고 보아도 깊고 검푸르고 몽롱하다. 미지근하고 깊은 늪. 빨려 들어갈 것만 같아 기분이 나쁘다. 의식이 멀어지려 한다. 메스꺼움이 올라온다.

　역할을 끝내고 멍하니 분장실에 돌아와 보니 형과 매형이 와 있었다. 기뻤다. 형을 힘껏 끌어안고 싶었다.

　"알겠더라고. 내가 처남을 금방 알아봤다니까. 어떤 분장을 하고 있어도 역시 눈에 띄던데."

　매형이 흥분해서 말했다.

　"내가 제일 먼저 발견했어. 금방 알겠더라고."

　똑같은 말만 반복하고 있다.

　누나네 가족은 일등석에 와 있었던 것 같다. 쪼끔만 여사도 제자 다섯 명을 데리고 열심히 찾아오고 있다고 한다. 나는 형에게 그 얘기를 듣고 눈물을 흘릴 뻔했다. 피붙이가 이렇게 고마운 존재인지 절실히 깨달았다. 매형은 이치카와 키쿠마츠!

이치카와 키쿠마츠! 라고 두 번이나 큰소리로 불렀다고 한다. 하지만 등불을 들고 있는 사람에게 말을 걸어봤자 어찌하겠는가. 창피할 뿐이다.

"내가 부른 소리 들었어?"

자랑스러운 듯 말한다. 들리기는커녕 등불을 든 채로 의식이 몽롱해져 당장이라도 기절할 것만 같았다.

형은 내 귀에 대고 속삭였다.

"분장실에 초밥이든 뭐든 시킬까?"

형은 마치 이런 일에 능숙한 척을 하며 진지한 얼굴로 물었다. 나는 웃음을 터뜨렸다.

"괜찮아. 여기서는 그러지 않아도 돼."

"그래?"

형은 좀 불만스러운 얼굴이다.

두 번째인 〈도련님〉 때에는 그나마 마음이 편해졌다. 관객석의 웃음소리를 희미하게나마 들을 수 있었다. 하지만 역시 객석의 얼굴은 하나도 보이지 않았다. 익숙해지면 관객의 웃음소리뿐만 아니라 속삭이는 소리나 아기의 울음소리까지 확실하게 들려와서 오히려 시끄러울 정도라고 한다. 관객의 얼굴도 어디에 누가 와 있는지까지 금방 알 수 있게 된다고 하는데. 나는 아직 멀었다. 아직도 꿈속 아니, 생사의 경계선 상에 서 있

는 기분이다.

모든 연기를 끝내고 분장실 목욕탕에 들어가면서 내일부터는 이런 일을 매일 해야 한다 생각하니 정말 미쳐버릴 것만 같은 참을 수 없는 혐오감이 밀려왔다. 연기자는 싫다! 정말 일순간이었지만 괴로움에 온 몸이 뒤틀릴 것만 같았다. 차라리 미쳐버리고 싶다고 생각하는 사이에 그 괴로움이 싹 사라지더니 어느새 나에게는 쓸쓸함만이 남았다.

'너희가 금식할 때…….'

갑자기 열여섯 봄에 일기장에 크게 썼던 그리스도의 말이 선명하게 떠올랐다. 아아, 금식은 미소와 함께 하라. 적어도 앞으로 10년 동안 노력한 후에 그때 진심으로 화내라. 나는 아직 하나의 창조조차 하지 못했다. 아니, 창조의 기술조차 아직 익히지 못했다. 나는 쓸쓸하지만 우유 한 모금 정도의 달콤함을 느끼며 목욕탕에서 나왔다.

단장인 이치카와 기쿠노스케 씨의 방에 인사를 하러 갔다.

"아, 축하하네."

그 말 한마디에 어찌나 기쁘던지. 목욕탕에서 느낀 마음속 번민이 단장님의 한 마디에 깨끗하게 날아갔다. 가부키의 원조라 할 수 있는 코비치코에서 첫무대를 갖는 것은 배우로서 가장 축복받은 출발일지도 모른다. 너는 행복한 사람이다, 라고

나는 스스로에게 되뇌었다.

이상은 나의 영광스러운 첫무대의 일기다.

집으로 돌아와서 새벽 한 시까지 형과 함께 천체 이야기에
푹 빠졌다. 왜 갑자기 천체 이야기를 했는지는 나도 모르겠다.

11월 4일. 토요일.

맑음. 지금은 오사카의 나카자 극장. 상연작은
〈간진초〉, 〈우타안돈〉 등.

우리의 숙소는 도톰보리의 한가운데에 있는 호테이야라고
하는 구질구질한 여관으로 술집 여자들이 드나드는 곳이다. 3
평 남짓한 방 2개에 우리 일곱 명이 기거. 하지만 절대 타락은
하지 않는다.

11월 12일. 일요일.

        대비. 미안하지만 오늘 밤은 만취상태다. 오사카는 싫은 곳이다. 참 쓸쓸한 곳이다. 오늘은 약간 어두운 '야요이' 라는 바에서 술을 마셨다. 아주 오랜만에 술을 마셨다. 나는 취한 주제에 멋진 척을 했다. 하지만 젊은 시절부터 명예를 지켜라! 라고 하지 않았던가.

    사와무라 센노스케, 이 못난 자여! 너는 취해도 정말 추하고 괴상하구나. 그는 돌아오는 길에 나에게 저질스러운 제안을 했다. 내가 웃으면서 거절했더니 그는 탄식하듯 말했다.

    "나는 고독하다."

    못난 놈!

12월 8일. 금요일.

        해가 나와 있는지, 비가 내리고 있는지 알 수 없다. 하루 종일 그저 울고 싶은 기분이다. 나는 지금 나고야에 있다.

빨리 도쿄로 돌아가고 싶다. 지방 순회공연은 이제 싫다. 아무 말도 하고 싶지 않고 쓰고 싶지도 않다. 그저 질질 끌려 다니며 살아가고 있다.

성욕의 본질적인 의미를 하나도 이해하지 못한 채 그저 주체적인 것만 아는 것은 부끄러운 일이다. 마치 개가 된 것 같다.

12월 27일. 수요일.

맑음. 나고야의 공연도 끝나고 오늘밤 7시 반에 도쿄역에 도착했다. 오사카. 나고야. 두 달 만에 돌아오니 도쿄는 이미 12월이다. 나도 변했다. 형이 도쿄역으로 마중 나와 있었다. 나는 형의 얼굴을 보고 그저 허둥지둥. 형은 온화하게 웃고 있었다.

나는 이제 형과 내가 완전히 다른 세계에 살고 있다는 것을 자각했다. 나는 햇볕에 그을린 생활인이다. 더 이상의 로맨티시즘은 없다. 혈관이 툭툭 불거진 심술궂은 리얼리스트다.

검은 모자를 쓰고 신사복을 입은 소년이 화장품 냄새가 나는 가방을 들고 도쿄역 앞의 광장을 걷고 있다. 이게 바로 열여섯

봄부터 어렵게, 그렇게 어렵게 이뤄낸 결과물인가? 고통과 노력의 결과물로 똑 하고 떨어진 한 방울의 진주란 말인가? 그 오랜 고민과 번뇌의 결과물이 이렇게 작고 추위에 움츠린 모습이라니. 나를 스쳐지나가는 사람들 중 그 누구도 내가 2년 동안 얼마나 말도 안 되는 노력을 했는지 알지 못한다. 잘도 죽지 않고 미치지도 않고 버텨왔구나 싶지만, 다른 사람들은 그저 취미생활을 즐기던 청년이 드디어 배우가 됐다고 눈살을 찌푸리며 말하겠지. 예술가의 운명은 언제나 그런 것이다.

누군가 나의 비석에 다음과 같은 한 줄을 써줄 사람은 없을까?

"그는 사람을 기쁘게 하는 것이 무엇보다 행복했다!"

나의 태어날 때부터의 숙명이다. 배우라는 직업을 고른 것은 모두 그것 때문이었다. 아, 우리나라 최고의 아니, 세계 최고의 배우가 되고 싶다! 그렇게 모두를 특히 가난한 사람들을 웃다가 고꾸라질 정도로 기쁘게 하고 싶다.

12월 29일. 금요일.

맑음. 슌쥬자, 연말 총회. 기획부 회원에 내가 뽑혔다. 극본 선정 외에 극단의 방침에 참여하는 간부 직속 위원이다. 중대한 책임감이 느껴졌다.

게다가 1월 2일에 하는 라디오 방송 〈나의 신〉의 낭독을 나 혼자 해보는 걸로 결정되었다. 2개월 동안 지방 공연의 고군분투가 인정받은 결과다.

하지만 나는 결코 자만하지 않는다. 그저 성실하게 노력할 뿐이다. 앞으로는 단순하고 정직하게 행동하자. 모르는 것은 모른다고 말하자. 불가능한 것은 불가능하다고 말하자. 괜한 척을 버린다면 인생은 의외로 평탄한 것 같다. 반석 위에 작은 집을 짓자.

정월에는 사이토 선생님 댁에 가장 먼저 인사드리러 갈 생각이다. 이번에는 만나 줄 것 같은 기분이 든다.

나는 내년에 열여덟 살.

첫째 나의 복잡한 사상통일에 도움이 되도록,
둘째 나의 일상생활의 반성의 자료가 되도록,
셋째 나의 청춘의 기록으로서 오늘부터 일기를 쓰려고 한다.

아무도 읽어주지 않는 일기를 멋 부리며 써봤자
쓸쓸함만 남을 뿐이다.
지혜의 열매는 분노와 고독을 알려준다.

미소 띤 얼굴로 정의를 이루지! 상쾌한 말이다.